転生幼女はあきらめない

-Reincarnation's little girl never gives up-

8

カヤ

イラスト 藻

CHARACTER

リーリア

キングダムの四侯、オールバンス家の娘として生まれた転生者。トレントフォースからの帰還後、ニコの学友として王城へと通っている。3歳。

ルーク

リーリアの兄。愛らしいリーリアをひと目見たその日から、守ることを決意する。リーリアがオールバンス家に帰ってきてからは、より一層深い愛情を示す。

ニコラス

キングダムの王子。癇癪もちと思われていたが、王城に遊びに来たリアによりその原因が魔力過多であることがわかり、本来の素直でまじめな性格に戻る。

ディーン

オールバンス家の当主でリーリアの父。妻の命と引き換えに生まれたリーリアを疎んでいたが、次第に愛情を注ぐようになる。今では完全に溺愛している。

アリスター

トレントフォースでリーリアを引き取り生活をともにしたハンター。リスバーン家の庶子。

ギルバート

リスバーン家の後継者。ルークとウェスターを訪れた。アリスターは叔父にあたる。

カルロス

ファーランドの第一王子。二人の従者と共に、領都シーベルへの旅に同行している。

ハンス

リーリアの護衛。元護衛隊の隊長だったがディーンにリーリアの護衛として雇われた。

ナタリー

キングダムへと戻ってきたリーリアに付いたメイド。早くに未亡人となり自立の道を選ぶ。

ユベール

魔道具の技師。王都襲撃に巻き込まれたことで職を失い、オールバンスの屋敷で働くことに。

OUTLINE

MAP

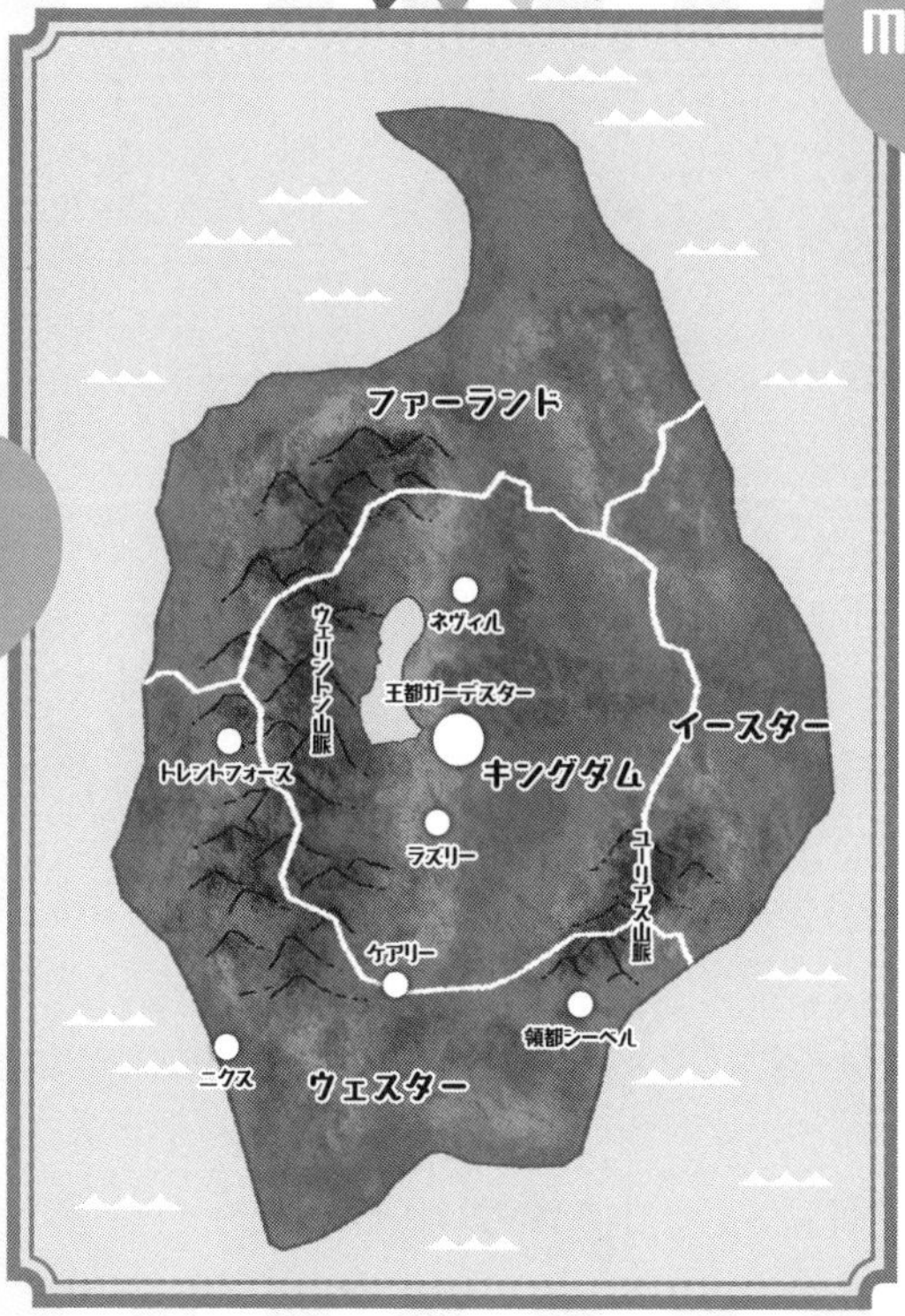

あらすじ

　トレントフォースでの日々が終わり、家族のもとへ戻ったリーリアは、家族をはじめとしたオールバンス家の人々や王子のニコラス、レミントン家のクリスたちと楽しい日々を過ごす。

　イースターの併合と四侯の処罰という形で幕を閉じた王都襲撃事件後、リーリアはルークが通う学院に警備体制の視察という名目のもと訪れると、ニコとクリスとともに大暴れし謹慎を言い渡される。

　その後、オールバンス家で働くことになった魔道具の技師のユベールの指導のもと、魔道具について学びながら楽しい日々を過ごすリーリア。

　そしてリーリアは三歳を迎え、たどたどしかった言葉が抜けてきた頃、ウェスターからの招待を受けると、キングダムの王族や四侯の跡取りたちに加え、ファーランドの王子一行を伴った領都シーベルへの長い旅が始まる。道中で互いの理解を深めながら、一行はウェスターへ向かうのだった。

-もくじ-

プロローグ

ウェスター前夜

早春の日差しがまぶしい朝である。

私はしゃがみこんで空を眺め、それから枯れた草に触れてかさかさする感触を楽しんだ後、こっそりため息をついた。

「しかられちゃった」

現在、私はウェスターに招かれた旅の途中である。兄さまやギル、それにニコだけでなく、なんの因果かファーランドの王子一行まで一緒の旅はなかなかに面倒で、やっとできた自分の時間でちょっとした実験をしただけだ。

父親にうとまれたり辺境にさらわれたり、襲撃事件に巻き込まれたりと波乱万丈の人生を送ってきた私はまだ三歳になったばかり。それなのに、無邪気におもちゃで遊んでいたら叱られるなんて、理不尽すぎる。

「しょうがないですって。結界箱なんて作ったら、そりゃ叱られますよ」

後ろからハンスの慰めにもならない声がする。

「はこにいれてないから、けっかいばこじゃないもん」

私は一応言い返してみた。

「そういうところは年相応だよな、リア様は」

「いえ、ハンスは感覚が麻痺しています。普通の三歳児はそもそもこんな言い訳をしません」

私の隣で同じようにしおれていたユベールがハンスに言い返している。ユベールは魔道具について教えてくれる私の先生で旅に同行しているが、正直なところあんまり役に立たない人だ。

それに、そんなことをハンスに反論しなくてもいいのに。

「リア様は叱られるだけですみますけれど、私なんて下手をすれば物理で首を切られそうです。ご当主に叱られても減俸か何かですむ気がしますが、ルーク様に睨まれたら王都どころか、キングダム追放ですよ、きっと。それに」

ユベールがぶつぶつと愚痴をこぼしている。私など一言しか言っていないというのに。

「ご当主は私のしたことなどすぐに忘れるでしょうけれど、ルーク様は執念深い、いえ、ずっと覚えている気がするんですよ」

執念深いと言いかけてやめたようだが、それを私に言ってどうするのか。お父様も兄さまも私の大切な家族なのに。もっとも、家族以外からオールバンスがどう見えるのかは知っているし、ユベールに意外と洞察力があることに感心もしていた私は、特にとがめるつもりはなかった。

「リア様だって、実験そのものじゃなくて、この状況下でやってしまったことを叱られてるんだってわかってるでしょうに」

「うん」

私はユベールの言葉に素直に頷き、また枯れ草をさわさわと動かした。

外国の王族一行がいる中で、キングダムでも秘匿されている結界箱の実験をしてみたのは確かに不用意だった。もちろん、私たち自身が結界を作れるということも秘密にしなければならない。

だが、結局は気づかれていないのだからいいんじゃないのかなあとも思う。

しおれている私を憐れんだのか、今度こそハンスが慰めてくれた。

「ま、ストレスをためてたのはルーク様だけじゃなかったってことだな」

「そう！」

私は大きな声を上げて立ち上がった。

「わるいのは、カルロスでんか！」

「しーっですよ、リア様」

ユベールがあたりをうかがいながらコソコソと私を止めた。

「こんなことでまた叱られたら、今度こそ魔道具作りを止められてしまいますよ。私たちはともかく、リア様は楽しむために来たわけですから、とりあえずあの素晴らしい結界箱の発明はちょっと横に置いておきましょう」

コソコソとしている割には、言っていることはとても正しい。しかもいいとか悪いとかいう理由でないところが私の心をくすぐった。

兄さまに叱られはしたが、今回の実験は大きな成果だと思う。使ったものはニコが変質させたマールライトなので、ニコの成果とも言えるのだが、今まで半径三メートルだった携帯用の結界箱に使うマールライトを改良し、人一人分だけの結界を発生させることに成功したのだ。

小さくなったからといってなんの意味があるのかと問われても、正直言って思いつかないが、少なくともマールライトと魔石が小さくなることで携帯性を高めることができる。それに、必要な魔石が小さいことで、魔石に魔力が充填しやすくなることから、維持費もかからない。

「今までの結界箱は、とにかく魔力を充填するのが大変でしたが、リア様とニコラス殿下の工夫で、小さい魔石に可能性が出てきました。これは本当に素晴らしいことです」

横に置いておきましょうと言いながら、魔道具のこととなると口が滑らかになるユベールである。

だが、この技術には一つ大きな問題があるのだ。いや、技術そのものではなく、運用に問題があると言ったほうが正しい。

「ユベール、ひとりようのけっかいばこには、もんだいがあるの」

私は冷静に指摘した。

「問題ですか？　私には可能性しか見えないのですが」

ユベールがきょとんと私を見た。ハンスはさりげなくタッカー伯のお屋敷のほうを警戒してくれている。話を誰にも聞かれないようにとの配慮だ。

「あのね、きょぞくは、ちかくでみるとすごくこわい」

「は？」

ポカンと口を開けたユベールは間抜け面を絵に描いたようだ。だがハンスは口をぎゅっと引き締めると、私のほうに一瞬強い視線を向けた。

「リア様、それは一人用の結界箱だと、虚族がすぐ近くに来るから怖いと、そういうことですか」

「そう」

私は大きく頷いた。さすが私の護衛である。

「きょぞくは、ぶきみ。けっかいのなかにこれないってわかってても、ちかくでみるとこわい。それに、けっかいにあたると、けっかいがぶるってするから、それもこわいの」

「リア様、経験があるんだな」

「うん」

ハンスには素直に言える。いつもからかってくるけれど、こういうことはちゃんと聞いてくれるとわかっているからだ。兄さまだと心配するからあまり言いたくない。期せずして三人できょろきょろとあたりをうかがってしまったのは仕方がないと思う。

ユベールは私と目を合わせようと思ったのか、しゃがみこんだ。

「リア様、私は虚族を見たことがないので、リア様がどういう経験をしたのかは正直に言ってさっぱりわかりません」

正直すぎである。

「でも、怖いという気持ちだけでこの小さい結界を作る技術が無駄だとは全く思いません。絶対に役に立つはずです。ハンターならば、怖くないという人もきっといるはずですし」

ユベールは私の肩を両手でポンと励ますように叩こうとして、はっとお屋敷のほうに目を向け、その手をさまよわせた。

「ポンと叩いて、何気ないふりをして立ち上がれ。今のままのほうが不審者だぞ」

ハンスのアドバイスに従ってユベールが立ち上がった頃には、にこやかな兄さまがすたすたと近くまで歩いてきていた。

「朝から問題児二人がお散歩ですか」

ハンスがほっとした顔をしているのは、二人のうちに自分が入っていないと確信したからであろう。

どうやら兄さまはまだ怒っている気配がする。私は心の中でため息をついた。

「え？　ふたり？　ニコラス殿下は出てきておりませんが」

あたりを見渡しているユベールは、天然なのか神経が太いのか。おそらく昨日、私以上に叱られたはずなのに自分が問題児だと思っていないところがすごい。

「ブッフォ」

「ププッ」

思わず噴き出したのはハンスだけではない。笑い出した私に兄さまもやっと怖い笑みをやめ、本当の笑みを浮かべてくれた。

「さあ、リア。私ももう怒ってなどいませんよ」

それは嘘だと思うが、追及すると墓穴を掘るので黙ってニコニコしておこう。

「いなくなったので心配していただけです。朝食に向かいましょう」

「はーい」

私は兄さまと手をつなぎ、屋敷のほうへ向かった。

タッカー伯の屋敷を出たらもうすぐウェスターに入る。油断せずに行こう。兄さまの手をギュッと握ると、兄さまもぎゅっと握り返してくれた。これで仲直りである。

そのまま朝食に向かうと、ニコが待ってくれていた。

「リア、おはよう」

ニコだって昨日、兄さまに少し叱られたはずなのに、なぜそんなに元気なのかと少しイラっとする。

やはり王族だから手加減してもらったのか。

「ニコ、おはよう」

それでも爽やかに挨拶する私、えらい。

「きのうはルークにしかられてさんざんだったが、リアはだいじょうぶだったか」

「だいじょうぶ。ありがと」

本当は大丈夫ではなくだいぶ落ち込んだ。だが、自分が叱られても私のことを心配してくれていたニコに、王族だから手加減してもらったに違いないなどと、心の中で冤罪をなすりつけた自分がそんなことを言う権利はないと思ったので、やせ我慢した。

「さあ、いっしょにちょうしょくをとろう」

「ごはん！」

私はニコに招かれるように、朝食の席に着いた。どこにいても自分の屋敷のように堂々としているニコは、まさに生まれついての王子様である。

しかし、朝食の席を見渡しても、私とニコと兄さま以外は誰もいない。

「アリスターや、みんなは？」

兄さまに尋ねると、兄さまはニコリと微笑んだ。

「皆もう、すませてしまいましたよ」

「ありゃ」

特に寝坊したつもりはないのだが、思った以上に外で時間を使ってしまっていたようだ。

旅の間も、昼と夜は皆と一緒だったが、朝はファーランドとキングダム一行で分かれて食べていたから、違和感はない。今日これからの予定がどうなっているかわからないが、早めに食事を済ませるに限る。私はもりもりと朝ご飯を食べ始めた。

「殿下も、リアも。そんなに急いでは喉につまります。今日、ここにもう一泊お世話になりますから、今日はのんびり遊んでも大丈夫ですよ。大人はいろいろな調整で忙しいんですけどね」

苦笑する兄さまはまだ、一三歳だ。だが、きっと大人組に入っていろいろと頑張るんだろうなと思う。私はもぐもぐしていたパンをきちんと飲み込んでから口を開いた。

「にいさま、むりしないでね」

「大丈夫ですよ。ヒューバート殿下とは面識もありますし、ウェスターの方々のことはある程度理解できていますから」

にっこりと優雅に笑う兄さまだが、さすがに成長期、兄さまの前にあったたくさんのお皿は既に空になっている。そしてごくごく小さい声でそっと付け足した。

「大きな王子は大きな王子へお任せです。お守りを手分けできてなによりでした」

「にいさま……」

わざわざ王子という言葉に「大きな」とつけたのは、ニコのことではないと言いたかったに違いない。そして小さい王子様は、誰の手も借りずに好き嫌いなくおいしそうにもくもくとご飯を食べていて、まったくお守りなど必要ないのであった。

食事が終わると、兄さまは私たちに微笑みかけた。

「今日は、領都に着いてからどう行動するかの打ち合わせです。旅程がゆっくりだったので、到着から結界箱を作動させるまであまり時間がありません。打ち合わせの間、リアと殿下は、好きに過ごしていていいですよ」

「わたしもいたほうがいいのではないか」

ニコがまじめな顔をして兄さまに問いかけるものだから、兄さまの顔がいっそう優しくなった。

「殿下はウェスターに着いてからが本番です。公式な行事に出たり、式典に参加したり、面倒くさいことがいっぱいになりますから、せめてそれまでは、お好きになさってください」

「うむ。ではそうさせてもらうか」

兄さまだって本当は好きにしてもいい年頃だと思うのだが、四侯の当主名代として来ている以上、そういうことはできないのだろう。私は兄さまにぎゅっと抱き着いた。

「ああ、リア。おうちにいる時みたいにほっとします。では兄さまは頑張ってきますよ。ハンス」

「はい。お任せください」

ハンスだけでなく、ニコの護衛も姿勢を正して兄さまを見送った。食堂にいたタッカー伯のメイドたちがほうっとため息をつくのが聞こえて、私はちょっと鼻が高くなった。淡い金髪はさらさらと整った顔の輪郭を際立たせ、淡い紫の瞳は優しく穏やかに輝くけれど、少年らしくきびきびとした動作とにじみ出る四侯であるという自覚が、兄さまを特別な存在として印象付けている感じだ。

「にいさま、かっこいい」

「うむ。ルークはたよりになるな」

大好きな兄さまを見送って、さて何をして遊ぼうかということになった時、バートたちがガヤガヤと食堂に入ってきた。

「おーい、リアに殿下。今日は俺たちと遊ぼうぜー」

「ミル！」

こののんきな言葉は間違いなくミルである。ニコニコしたミルとバート、それにキャロとクライドだが、アリスターがいない。

「アリスターは？」

「あー、アリスターな」

ちょっと困った顔をするキャロの前にクライドがすっと出てくると、私を抱き上げ、ゆらりと揺すった。

「はい、殿下は俺ね」

ミルが遠慮なしにニコを抱き上げたので、ニコは大喜びだが護衛がはっと息をのんだ。私は首を横に振った。

バートたちに不安を抱いていたならその対応は遅すぎる。あるいはバートたち四人組はまったく問題ないと判断しているなら、心配するそぶりは出してはいけない。

「ごえい、しっかく」

「ああ、ついにリア様の失格が出てしまった」

ニコの護衛たちが肩を落としているが、努力してもらうしかない。

「俺たちのことは護衛仲間だと思ってくれればいいさ。気にすんな」

よく考えれば二十代前半の青年が偉そうにとも思われそうだが、ハンターとして誇りをもって自活しているバートたちは誰に対しても態度が変わらず、落ち着いている。昨日の夕方共に過ごしたこともあり、ニコの護衛も自然とそれを受け入れたようだ。

「タッカー伯爵から、子ども部屋があるって聞いてきたぞ。木竜やおもちゃなんかがあるってさ」

私は思わずニコと顔を見合わせた。

「いく!」

「行く!」

「よーし、まずはそこからだな」

私とニコを抱いたクライドとミルを真ん中にして、ぞろぞろと移動が始まった。

「あ、アリスターだがな」

バートがなんでもないふりをしながら私に聞かせてくれた。

「あいつはさ、将来的にはウェスターの王族と一緒に、魔石に魔力を注ぐ役割を果たす。それはわかってるよな?」

「うん」

私は頷いた。本当はキングダムに来てほしいと思っていた。リスバーンの直系である夏青の瞳を持っているのだから、トレントフォースにいた時みたいに家族のようにではなくても、四侯の一員として、ずっといっしょに過ごしたいと心の奥では願っていた。

でも、それは無理だということも理解している。

一階の食堂から階段をのぼりながらバートがゆっくり話してくれる。子ども部屋は二階にあるようだ。

「魔石に魔力を注ぐだけなら、別に表に出なくてもいい。魔道具屋でひっそりと魔力を入れるように、城でもそういう役割に徹すればいいと、アリスターは最初は思っていたようなんだが」

それもわかる。

「だが、リアがウェスターにいた時とは状況が変わった。ウェスターはキングダムとつながりを強め、人質を取って援助を求めるような姑息なやり方をしなくても、堂々と交流を明らかにできるようになった」

「つまり、アリスターはおもてに出たほうがいいというわけか」

ニコが静かに指摘した。四歳とはいえふくふくとした幼子が、大人に抱かれながら言う言葉ではない。

「ああ、そういうことになるな、ニコラス殿下」

それを不思議とも思わない様子でバートが同意した。

「アリスターは、それでいいの？」

本人が納得しているようならいいが、圧力をかけられたり本人の義務感だけでやっていたりするのであれば、それは嫌だと私は思うのだ。

「昨日のアリスターを見たろ。なにか迷いがあったか？」

私は昨日のアリスターを思い出してみた。私たちが結界の魔道具を作り出したことに悔しさがにじんでいたけれど、そんなところも素直に見せてくれただけでなく、私に会えた嬉しさも隠さず、明るく元気だった。

「なかった」

「だろ？」

二階に上がったところでキャロが手をわさわさせて、クライドから私を受け取った。

「リアの兄ちゃんと同い年だろ。プライドとか対抗意識とか、そんなのがきっとあるんだって想像してるんだけどな、俺は」

「そこは言わないでおいてやれよ。ほいっと」

キャロの鋭い分析にバートがあきれたように突っ込み、そのままミルからニコを抱き取った。

「廊下の一番奥から数えて二番目の右の扉だ」

バートの言葉を聞いて護衛が扉を開けて中を確認する。護衛に花を持たせるバート、さすがである。

「わあ、しゅごい」

思わず声が漏れるくらい、そこは広い子ども部屋だった。駆け回れるほどの空間と、部屋の壁際には、箱に詰められた積み木や人形、絵本などが並べられている。

「もくりゅうだ！」

木竜は要は木馬の竜型である。王子宮にもあるだろうに、ニコは喜んで木竜に走っていった。もちろん、私はそのくらいで走ったりしない。しずしずとぬいぐるみの箱に向かい、そこからはぬいぐるみを出して並べ始めただけである。バートたちの存在を忘れるくらい夢中になっていたとか、そんなことはない。

考えてみると、オールバンスのお屋敷にはあまりおもちゃはないような気がする。代々子どもがいたはずなのだが、部屋にあるのは絵本と積み木、それに自分のラグ竜のぬいぐるみくらいだ。

木竜などもなかった。

「うち、こんなにおもちゃ、なかったきがする」

「そういえばそうでございますね」

ひっそりと控えていたナタリーが確かにというように頷いた。

「言えば出てくると思うのですが、言わないと出てこない可能性がありますから」

ナタリーが苦笑したのは、私が紙と鉛筆がほしいというまで、用意されなかった過去を思い出しているからであろう。子どもがいる家庭なら、必要であると思われるものは自然に用意されるものだが、オールバンスのお屋敷では、兄さまがいたのにもかかわらずそういう配慮に欠けているところがあった。

そもそもそういう配慮がきちんとしていれば、お父様が私に冷たくしても子どもの面倒はちゃんとみられていたはずなのである。私は赤ちゃんの頃の自分の扱いを思い出して、鼻の頭にしわを寄せた。兄さまもきっと、ろくにお世話もされていなかったに違いない。

「きけば、きっとどこかにはあるはず」

「帰ったら聞いてみましょうね。出てこなかっただけで、たくさんしまわれているような気がしますもの」

ナタリーと固く誓いあい、ふとニコを見ると、ミルとキャロ、それにクライドとおもちゃの兵隊を戦わせていた。考えてみれば、旅の間、時間があれば外で枯れ草や枝を振り回すか走り回るかで、室内でこんなに落ち着いて遊んだのは久しぶりである。やはり子どもにはこんな時間も必要だ。

それに同じ部屋にいて、お互い夢中になって別々の遊びをしていても寂しくない。これこそが友だちだと頷く私である。

バートはなんだか優しい目をして私たちを見守っていた。皆同い年なのに、いつも若干じじくさいのがバートだ。

「ミルたち、だいじょうぶ？」

子どもの相手をさせて申し訳ないということに気が付いた私は思わず声をかけていた。

「なにがだ？　こんなに楽しいのにさあ」

ミルが心底不思議そうに私を見た後、はっと顔色を変えた。何かに気がついたという顔だ。

「ごめんよリア。気がつかなくて。ほら、リアはこれを使え」

手渡されたのは赤い服を着たおもちゃの兵隊だ。別に仲間外れで寂しいとか全然思っていなかったのだが、勢いで受け取ってしまった。

「じゃあ、リアは俺の兵隊な。ニコ殿下の軍をやっつけるぞ！　その前に積み木で城を作るか？」

「それがよい！」

ニコの許可も出て、別の箱から積み木が出され、二手に分かれて作戦は大掛かりになっていった。嬉しそうなニコの顔を見れば、私も自然に笑顔になっていく。もうすぐウェスターに着く前のひと時、年相応の子どもに戻って遊んだこの時間は忘れられない思い出になるだろう。そして途中から参加したアリスターが最初からいればよかったととても悔しそうだったのも、午後から兄さまとギルが参戦したこともだ。

その日の夜、一日遊んで満足した私は寝る前に兄さまと部屋でくつろいでいた。もう寝る時間だから大きなあくびが出たところだ。そこにトントンとドアを叩く音がする。

さっとハンスが移動し、ドアに向かって声をかけた。

「何用か」

「バートだ。ルーク様とリアに話があってきた」

昼もずっと一緒だったのに、いまさら訪ねてくるなんてどうしたのだろう。兄さまはきょとんとしている私のほうをちらりと見ると、ハンスに頷いてみせた。

部屋に入ってきたのはバート一人だった。いつも四人でいるかアリスターを入れて五人でいるかなので、なんとなく物足りない気がする。

「珍しいですね。リアならもう寝る時間ですから、話は短めにお願いします」

兄さまもバートが一人なのを珍しいと思ったようだ。昼に一緒に遊んだ仲とはいえ、兄さまは明らかにバートたちとは線を引いて付き合っているので、親しいとはいえない感じの話し方になっている。

私はといえば、わざわざ兄さまを指定してきたのだから、私ではなく兄さまに話があるのだろうと思い、静かにバートの話を待っているところだ。

「ああ、遅くにすまない。だが、ウェスターに入ってからは話しにくいと思ったんでな」

バートは兄さまに勧められてソファにおそるおそる腰かけた。私はうんうんと頷いた。貴族のお屋敷で座るソファは思ったより柔らかいことが多くて、気をつけて座らないとひっくりかえるのである。

バートはそんな私を見て口の端を上げた。

庶民感覚も理解できる幼児、それが私だ。

「単刀直入に言うが、リアの結界箱の件なんだ」

私の結界箱とは、昨日の一人用の結界の件だろう。兄さまのまとう空気が硬くなった。

「あれを俺たちに預けてみないか」

「預ける、とは？」

バートの言葉は私にも予想外だったが、兄さまにとっても予想を超えていたのだろう。兄さまの言葉には純粋に疑問だけが感じられた。

「つまり、使えるかどうか俺たちに試させてくれってことだ」

「だめ」

兄さまより私が先に答えてしまった。

「なんでだよリア。あれはハンターのための工夫だろ。ハンターが使ってみなくてどうする」

正直に言うとあれは面白いから作ったのであって、実際に商品化することは考えていなかった。なぜなら、四侯と王家の潤沢な魔力がないと作れない魔道具など役に立たないからだ。ユベールが作れるレベルまで落とし込まないと、商品化などとてもできない。

それに、実際に使うには危険すぎる。

「バート、おぼえてる？　リアがはじめてけっかいをつくったときのこと」

「ああ。覚えてる。真ん中にいるリアとエイミーが見えないほど虚族が集まっていたな。あれほど肝を冷やしたことはなかった」

隣に座っていた兄さまの手が守るように私の背中に回った。

「あのとき、まりょくをつかいすぎないよう、ちいさいちいさいけっかいにしたの。だからすぐそばにきょぞくがたくさんみえた。とてもこわかった」

兄さまがぎゅっと私を引き寄せた。

「ちいさすぎるけっかいは、やくにたたないとおもう」

「そんなことはない」

バートが強くそれを否定した。

「リアたちの作った結界箱、まあ箱じゃあなかったが、まず、使っている魔石が小さかった。あれは俺たち辺境の民でも、魔力が多少多めの者なら自分で補充できる程度の魔石だ。一晩使っても次の日に魔力を入れて使えるなら、欲しがる奴はきっと多い」

「むり。たくさんつくれない」

もしユベールが作れるようになったとしても、ユベールと他の結界箱を作れる数人の魔道具師だけでは、量産するのは難しい。そうすると魔石のコストが小さくすんでも、結界箱本体が高価なものになる。どう考えても普及するとは思えない。

私はニコと一緒に思いつきだけで作った魔道具を、身近な人が使うかもしれないということをちゃんと考えていなかったことに気がついた。

「それに、しさくひんだから、いつまでもつか、わからないの。とちゅうでけっかいがきえるかもしれないし」

その瞬間が、バートたちが虚族と向き合っている時にきてしまったら？

私は背筋がぞっとした。

「だからこそ、俺たちに使わせてほしいんだよ。俺たちにはアリスターがいるし、アリスターがいなくても、リアを助けた褒美で結界箱をもらってあるだろ。仲間がいるから、安全を確保したうえで、実験ができるんだ。しかも口も堅い」

「確かにそれはそうですね。ですが、それではあなたたちのメリットがないように思えますが」

「だからルークさんに話しにきたんだよ」

私はまだ許可を出していない。だが、まず私に許可をもらってから、兄さまと具体的に話す、こういうことだろうか。

「リアの言う通り、たくさん作れないならこの結界箱は高価なものになるだろう。普及するにも時間がかかる。だったら、その製品の第一号を俺たちにくれよ。できれば実験にも対価をくれるとありがたいが、それはまあ後で考えるとしてさ」

それだけでは実験に命をかける対価としては足りないはずだ。

「今ある結界箱を拠点にして虚族を狩るのは効率がいい。だが、自分を覆うだけの結界があれば、結界を身にまといながら虚族を狩ることができるんだ。実現すれば、安全に確実に虚族を狩ることができるようになる。もし自分の代で実現できなかったとしても、ハンターの安全が確保できるなら、それは長期的に見てメリットがあるということなんだ」

部屋に沈黙が落ちた。

「虚族相手の実験には人の命がかかる。いいですよと瞬時に決めるような案件ではありませんね」

兄さまが静かに結論を出した。

不満そうなバートを制して、兄さまは続けた。

「ですが、あなたの申し出は貴重です。時間をください。私が判断するには問題が大きすぎる気がするので」

兄さまは冷静である。

「俺の提案がすぐに切り捨てられなかっただけでもありがたいか」

バートは残念そうに頭をかいたが、話が不穏なほうに行かなくて済んで私はほっとした。

「リア、俺たちがどれだけ安全を大事にしてるか知ってるだろ。無茶はしない。心配すんなって」

バートは私の側に来ると、頭をぐりぐりと撫でて部屋の外に出ていった。

「バートがあぶないのはいや」

「そうですねえ。辺境で安全に過ごすための魔道具を作るために、危険も必要とはおかしな話ではあ

ります が」

でも、実用化するにはそれも必要なんですという言葉は、兄さまは外には出さないでいてくれた。

「もんだいがおおきくなりすぎちゃった」

「本当ですね」

だから余計なことはしてはいけないのですよとも、兄さまは言わなかった。兄さまが昨日怒ったのも、時と場所をわきまえましょうということだけだったのを、私はちゃんと理解している。

兄さまはふうっと息を吐いて斜め上を見上げた。これは兄さまの頭が高速回転している時の態度である。

「まずお父様に報告して、実験をするかどうかを決める。そしてまず安定した魔道具を作れるかどうかがスタートです。そこで初めて、辺境で実用実験をするということになりますから、バートの申し出はありがたいのですが、まだ早すぎでしたね」

「リア、びっくりした」

「びっくりしすぎて断っていましたからね。自分は前のめりに進むのに、他の人に対しては慎重なんですよね、リアは」

兄さまがおかしそうに私の頬をつついた。

だって周りの人にはつらい思いはしてほしくないではないか。でもそれを言う前に大きなあくびが出てしまった。

「びっくりしたら、ねむくなった」

「普通はびっくりしたら目が冴えるものです」

兄さまはクスクス笑いながら、掛け布団を持ち上げてくれた。私はいそいそとそのお布団に潜り込む。

「リアはもうねる。おやすみなさい」

「おやすみなさい。よい夢を」

考えても答えが出ない時は、寝るに限るのである。そうして明日は、元気にウェスターに旅立つのだ。

第一章

領都シーベル到着

一日ゆっくりしたのは、下っ端の私たちだけだったのかもしれない。出発の時には、ファーランドのカルロス王子もウェスターのヒューバート王子も、そしてそのお付きの人たちもなんだか疲れた顔をしていた。実際、昨日は彼らとはほとんど顔を合わせなかった。

逆に兄さまは疲れが取れたのかすっきりした顔をしている。

「リアは覚えていますか？　今日は、この前の旅でお父様と泊まった宿に滞在することになりますよ」

「おぼえてる！」

国境までお父様が迎えに来てくれた時のことだ。半年以上会えなかったお父様は、私をずっと側から離さず、夜も一緒だった。

そしてみんなで結界を張ってみた結果、共鳴して結界が広がることを知った。あの時のことがなければ、イースターの第三王子の襲撃でキングダムの民は虚族の被害に遭うことになっていただろうから、結果的によいことをしたと言える。

「あれ、にいさま、きょうはカルロスでんかとべんきょうしないの？」

兄さまはすがすがしい顔で宣言した。

「ヒューバート殿下が来てくれたおかげで、昨日からはウェスターとファーランドの国交が始まっています。キングダムは既に王都で十分に交流していますからね。遊び歩いていただけでなく、交渉事もいろいろ行っていたようですよ、主にリコシェ殿が」

「おもり、ううん。ひしょかんだもの」

私はリコシェを紹介された時のことを思い出した。秘書官と書いてお守りと読む。そう認識していた私は危うく口を滑らせるところだった。

「口が滑ってるぞ、リア」

「いいえ、よくできました、リア」

ギルと兄さまがそれぞれニコニコと褒めてくれるので、私はいい気分になってふふんと胸を張った。

「ちゃんとすわっていられるといいが」

心配そうに王子二人が乗った竜車を見ているのは、キングダムの王子さまである。誰のことかは言わなくても皆わかっていた。

「優秀な秘書官殿だけじゃなくて従者のジャスパーがいるので、きっと大丈夫ですよ」

「そうだな、しんぱいしていても、いきなりりっぱになるわけもないしな」

ニコのつぶやきに皆そっと視線をそらした。

そういうわけで、移動は会合を兼ねながら、ウェスターとファーランド、そしてキングダム組に別れ、午前中は順調に進んだ。アリスターたちは竜車には乗らず、それぞれが自分の竜に乗っている。

旅に出てから、キングダム組だけで竜車に乗ったことはほとんどなかったので、余計に楽しいような気がした。

「きのうからあそんでばかりだな」

「うん！　たのしい！」

いつもは子どもだけだから、昨日のように大きな人たちに遊んでもらうのはとても楽しかったし、兄さまやギル、アリスターが童心に帰って遊んでいるのを見るのも楽しかった。私がそうなのだから、ニコはもっとそうだろう。

「さて、そろそろ昼休憩でしょうか」

兄さまの予想通り、竜車は少しずつスピードを落として止まった。かと思うとバンと扉が開いた。竜車の中にちょっと緊張が走ったが、ハンスが止めなかったということは特に問題はないのだろう。

「リア！」

「はい？」

顔を出したのは思いがけない人だった。

「カルロス殿下。リアに何のご用ですか」

兄さまがまず問いかけたが、確かに私はそこまでカルロス殿下とは仲良くはない。

「ちょっと魔力を吸ってくれ」

「はあ？」

私が魔力を吸うみたいな言い方は止めてほしい。

「もやもやするんだが、もやもやしすぎてどうしていいかわからないんだ」

「やれやれ」

小さな声でため息をついたのは兄さまだが、私は素直にぴょんと座席から降りた。

「ナタリー、からのませきはある？」

「いいえ、残念ながら手持ちがありません。ユベールならば持っているかもしれませんから、確認してまいります」

「おねがい」

ナタリーがそそくさと竜車から降りると、代わりにカルロス殿下とリコシェが乗り込んできた。

「ギル、アリスターかバートがもってるかも」

「わかった」

ギルもさっと竜車を出ていった。

「よく考えたら、からの魔石なんて手元にはなくて。タッカー伯に頼むのもためらわれて、次の町まで待たないといけないと思っていたんだが」

リコシェが困った様子である。私はため息をついて、兄さまに頼んだ。

「にいさま、そこのあかりをおねがい」

「わかりました」

兄さまはにこにこしながら、竜車の壁にかけられている明かりの魔道具を取り外してくれた。私はその魔道具の箱の部分をぱかっと開けた。

「ませきは、まどうぐのなかにあるの。つかいかけのませきなら、なんでもつかえる」

「お、おお……」

リコシェが戸惑いを隠せず、しかし感心したように私のほうを見た。

「やはりユベールが持っていました」

「アリスターも持っていたよ。暇なときに充填しようと思っていたって」

魔石を調達に行った二人も帰ってきたが、魔石をくれたユベールとアリスターも興味津々で竜車の入口からのぞき込んでいる。

私はカルロス王子をじっと見つめた。この間魔石に魔力を注いだばかりだから、そのもやもやは単なるわがままではないのかと思ったからだ。だが、確かに魔力は余っているようだった。

私はふうっと大きく息を吐いてしまった。

「まりょくがもれてる。やっぱり、くんれんひつよう」

思わず目を見開いたカルロス殿下に魔石を渡し、丁寧に言い聞かせた。

「やりかたをおもいだして。あまったまりょくをゆらゆらして、ませきにそそぐ」

「魔力を意識して、揺らす」

カルロス王子の魔力が動き始めた。これなら大丈夫だ。

「魔石に、注ぐ」

魔石の色が濃くなると共に、カルロス王子の魔力が落ち着いていく。王子はほうっとため息をついた。

「リア、助かった。この二日間、ちょっと頭を使いすぎたかもしれない」

「それで魔力が貯まるんなら、カルロス殿下はもっと頭を使ったほうがいいな」

そんなことを言い出したのはアリスターで、私はちょっと慌ててしまった。アリスターは現リスバーン家から正式に認められた四侯の血筋である。つまり、ウェスターにいても今はキングダムの侯爵家のものとして扱われる。だから平民ではないのだが、それでも他国の王族にこんなに気軽に話しかけたら叱られてしまうのではないかと思ったからだ。

それに言っていることもすごく失礼だった。

だが、カルロス王子も普通の王族ではない。

「面倒だから、あまり頭は使いたくないんだ」

これである。リコシェが無礼をとがめたくても、主がこれではそもそもどうしようもないだろう。

「庶民なら、これ一つでいくつパンが買えることか。魔石はどこでも足りないし、魔力の充填はいつでも歓迎される。王子だから生活に困らないかもしれないけど、その魔力、もったいないよな」

アリスターは充填された魔石をカルロス王子から受け取ると、そう言って去っていった。

「もったいないって言われた」

呆気にとられていたカルロス王子が思わずというようにつぶやいた。

「頭を使えとも言われていましたよ」

リコシェにダメ押しされて、ついにガクリと肩を落としたカルロス王子である。

そこにひょいとヒューが顔を出した。

「いきなり竜車を飛び出していくから、腹でも壊したかと思ったが、そうではないようだな。大丈夫か」

どうやらカルロス王子を心配していたようだ。この二日で仲良くなったのか、だいぶ気安い言い方になっている。

「いや、魔力が落ち着かなくてな。リアに魔力をみてもらっていたんだ」

「リアに。このとぼけた、いや、なんでもない」

急いで口元を隠したが、何を言いたいかはちゃんと伝わった私は思わず半目になった。だが、次の言葉で機嫌は直った。

「すまん、もっと小さかった時の印象が抜けなくてな」

小さい頃だってとぼけてなどいない。その言い訳も失礼ではあったが、目が優しかったので許すことにする。ゴホンとごまかすように咳をしたヒューは、私とカルロス王子の様子から状況を見て取ったようだ。そして珍しいことにアドバイスまで始めた。

「魔力が余っているなら、魔石に注げ。体内の魔力が少なくなっても、枯渇しない限り困りはしないだろう」

当たり前のことだろうというように肩をすくめた。

「それが自分の魔力を増やすことにも、コントロールすることにもつながる」

私は驚いてヒューのほうを見てしまった。ヒューの言っていることは、私がアリスターやバートたちに教えたやり方と同じことだが、一般には行われていないことだと思ったからだ。

「王族なら、キングダムでなくても当然やっていることだろう。いや、やっていると思っていたのだが」

やっていない人がここにもいる。しかも、これは本人のわがままとかではなく、そもそもファーランドそのものがやっていないということになる。

「ファーランドでは町ごと覆う結界箱など使う予定はないからな。そもそも必要ない。いや、なかった。なかったが、これからは自己鍛錬のために頑張るつもりだ」

カルロス王子が私の機嫌をうかがう様子を見せたので、ちょっとだけ苛立ったのは内緒である。ぜんぜん嬉しくない。

「ヒューができるなら、ヒューがおしえてあげて？」

「いや、リアが教えたのなら、もう一人でできるだろう？」

面倒くさいと顔に書いてあるが、それは私も同じだ。

「さあ、カルロスどのをおしつけあっていてもしかたがなかろう。そろそろちゅうしょくにしよう」

静かなにらみ合いは、ニコの一言で解消された。

「押し付け合う……」

「プッ」

リコシェが呆然とし、ジャスパーはこっそり噴き出しているが、主の面倒はちゃんと見るべきだと思う。

午後はそれぞれ竜に乗ったり、かごに乗ったりして、これまた自由に過ごした。もっとも私はお昼寝も少ししたけれども。

そしていよいよ前回お父様と泊まった思い出の宿のある町に着いた。宿はそれほど大きくないので、王族と四侯中心の宿泊となる。しかし、そこには先客がいた。

「リーリア様、お久しぶりですわ」

「ドリー？」

姿勢よく立ち、うやうやしく挨拶してくれたのは懐かしい顔だった。トレントフォースからシーベルまでお世話係として付いていてくれたドリーだ。最初は対立していたが、最後には親しくなったことを思い出し、私はにっこりと微笑んだ。

「まあ、さすがリーリア様。一時お世話しただけの私を覚えていてくださるとは」

感動したのかポケットからそっとハンカチを取り出し目に当てているドリーも気になるが、私の目はその隣に立っている派手な人物に自然と引き寄せられていた。だが、目を合わせてはいけないという直感も働いていた。

ドリーはさっとハンカチをしまうと、きっと顔を上げ、私を上から下まで眺めた。嫌な予感がする。

「ですが、無理を言ってキングダム側までお迎えに来て正解でした。なんでしょう、リーリア様のそのお姿は」

そう言われて、私も自分の上から下まで眺めてみた。顔は自分でもわからないが、瞳の色に合わせたピンクのワンピースの下に動きやすいようにズボンを穿いていて、とてもかわいらしい。

かわいい以外の何物でもないと言おうとしたら、いつもは後ろに控えているナタリーがずいっと前に出てきた。

「リーリア様のご衣裳は、旅の間、くつろいで過ごせるようにと、デザインをはじめ生地から縫製まですべてオールバンスの衣装部が工夫したものでございます。かわいらしい以外のなにがあるというのですか」

さすがナタリー、私と同意見である。

「かわいらしくないなどと一言も申してはおりません。ただ、これからシーベルに入っていただくにあたり、もっと四侯らしい威厳のあるご衣裳をと考えているだけです」

ナタリーはドリーに一歩も引かずにふんと鼻を鳴らした。そんなナタリーを見たことがなかったので私は驚いたが、ハンスも驚いていたので思わず笑いそうになってしまった。

「何が四侯らしいかは、リーリア様の専属のメイドである私がリーリア様と相談して決めることです。余計な口出しはご遠慮願います」

「んまあ」

キーッと言い出すのではないかとハラハラしていると、ついにドリーの隣の人と目が合ってしまった。

顎の割れたマッチョだが、カルロス王子に負けず劣らずひらひらのレースのシャツと体にぴったり合ったズボンを身に着けている。道楽好きの貴族という印象だ。

「まあ、ほんとうに淡紫なのね。これはデザインがはかどるわあ」

私は一歩引き、ナタリーが更に私の前に出てくれた。ハンスは私と一緒に一歩引いてしまっていて役に立たない。デザイン、ひらひらのレース、ドリー。四侯らしい威厳のある衣装。これらから私の頭は一つの単語を導き出した。

「ジャコモ？」

小さい声だったが、どうやら聞こえてしまったようだ。

「まあ、キングダムにも私の名前が届いているってことかしら！」

「そんなわけねえだろ」

喜びの声を上げているジャコモに、ハンスが思わず突っ込んでいる。実際、その名をキングダムで聞いたことはない。まあ子どもなのでキングダムのデザイナーですら知らないのだが。

「だってお嬢様が私の名前を知っていらしたのよ。ねえ、リーリア様」

なれなれしい呼び方にイラっとした私は、ナタリーの横にずいっと進むと、腕を組んだ。

「ジャコモのふく。トレントフォースできせられたけど、レースいっぱいで、ちくちくして、いやだった。だからおぼえてたの」

私は普段、人の悪口を言ったりしない。だが、ドリーをはじめ、こういう人たちの言うことを素直に聞いていると、損をするのは私だ。だからはっきり言うに限る。

「ジャコモのふく、いらない」

ピシッと言ってやった私の隣で、ナタリーもふんと腕を組んだ。

「そ、そんな……」

ショックを受けるジャコモにドリーがおろおろしているが、私はドリーにも言ってやった。

「ドリー、ほんとうにヒューがだいじなら、みかけよりだいじなこと、あるでしょ」

「まあ、リーリア様」

ドリーはハッとしたように口に手を当てると、なんだか涙ぐんだ。

「そうでした。リーリア様は、こういう方でした」

そうつぶやくと、こちらに頭を下げてきた。

「四侯の皆様がウェスターまで来てくださる、そのことに浮かれて、客人を大事にするという肝心なことを忘れておりました」

「やっとわかってくれたか」

ヒューがやれやれと近づいてきた。

そもそもヒューが連れてこなければこんな面倒なことは起きなかったのだと思うと、私はヒューのことを恨みがましい目で見てしまう。

「ドリーが突っ走ってしまったのも、リアを愛しいと思う気持ちゆえ、許してやってくれ。それと」

旅の最後には和解していたので、ドリーのことを嫌だと思う気持ちはそもそも思っていない。

「ジャコモはデザイナーであることも確かなのだが、あれでも伯爵家で今回の歓迎団の正式な一員なのだ」

皆何も言えずそっと目をそらしたが、カルロス王子だけは興味深そうにジャコモを観察していたようだ。

「ウェスターのジャコモといえば、ファーランドにも名が通っているが、シーベルで機会があれば一度店を見に行きたいと思っていた」

「おお、ありがたいことです、殿下」

服の趣味も似ているようだし、あの二人で仲良くしてくれれば手間もかからないと思う。

なぜかほっとした空気になったので、そのまま宿に入ることになったが、夕食の後、部屋で当時のことを兄さまと懐かしく語っていたら、アリスターがこっそりとやってきた。旅の間、誰かしらが交代でやってくるので、夜が楽しみでもある。

「俺、ジャコモに見つからないように、昼は目立たないようにしてたんだ」

「そういえば、アリスターのふくも、レースいっぱいだった」

私は当時自分たちが着せられそうになった服を思い出していた。

「二人ともジャコモの服を着せられそうになったのですか」

当時のことを懐かしく話す私とアリスターに、兄さまが興味津々である。ウェスターにいた時のことは、バートたちから聞き取って詳細に記しているはずなのだが、服がどうだったとか、食べ物がどうだったかなどという細かい話まではできないものだ。

「そうなの。ちくちくしてたのを、エミがなおしてくれたの」

「おれも、そんなちゃらちゃらした服は嫌だって、二人でごねてさ」

「そんなことがあったんですねえ」

少し寂しそうに聞いている兄さまに、アリスターがそういえばという顔を向けた。

「あのさ、リアとルークがトレントフォースを発ったすぐの時に、シーベルまで結界が広がったことがあったんだ。一瞬でおさまったけど、あれってもしかして」

私は思わず兄さまと目を合わせた。その時とは部屋が違っているけれど、確かにお父様があっさりと結界を作り、うっかり結界の共鳴をしてしまったのがその日だった。

「ええ。リアが自ら結界を張れると知ったお父様が、自分もやってみたいとごねてしまって。その時にうっかり三人で結界を共鳴させてしまった結果です」

「その日のうちにできちゃったのか。やっぱり四侯の当主は違うなあ。俺なんて結界が作れるようになるまで何か月かかったことか」

アリスターは勝手に兄さまのベッドの上に寝転がっていて、自由である。兄さまもそれを笑って許すほどにはアリスターに親しみを感じているようで安心する。

アリスターは少し人と距離をとるような印象があったけれど、離れて暮らしている間に、いろいろと吹っ切れて本来の自由な気質が出てきたのだろうか。それともバートやミルに、いや、主にミルに影響されたのか。そんな想像をしていると、アリスターが天井を見上げたままこう言い出した。

「なあ、何日か俺たちの家に泊まらないか。ほら、うちの、いや、リアのあの人に会いたいだろ」

「セバシュ、ううん、セバス！」

「セバスもびっくりするだろうなあ、リアがもう片言じゃないんだぜ」

私がセバスと過ごした時間より、アリスターがセバスと過ごした時間のほうがもう長いのだ。そう思うと少し悔しい気がした。

「もともと貴族の家らしくてそこそこ広いから、四侯一行くらいは泊まれると思う」

照れくさそうなアリスターは、わざとギルの名前を言わなかったけれど、ギルにも泊まってほしいという、いわば根回しなのだろうなと思う。

「そうですね、ヒューバート殿下に聞いてみないといけませんが」

「ヒューは大丈夫だってさ」

アリスターはがばりと上体を起こして、にっと笑った。

「手回しがいいですね。ですが本当のところ、とてもありがたいです。私もどうやってセバスとの時間を作ろうかと悩んでいましたから」

兄さまもにこりと微笑んだ。

「それからギルですが、来るなと言っても来ますから。不安にならなくても大丈夫ですよ」

「べ、別にギルが来るかどうかなんて気にしてないし」

プイっと横を向いたアリスターより、兄さまのほうがまだまだ上手である。


次の日はいよいよウェスターに入ることになる。旅の間ずっと面倒だった王子様はウェスター一行に任せることができたので、兄さまや私、それにギルはとても気楽に竜車に乗っていた。本当は王子様だからニコも向こうに行くべきなのかもしれないが、しょせんは子ども。慣れた私たちと一緒にウェスター入りすることになった。

「今日はいよいよキングダムの結界を抜けることになりますね。ニコ殿下、少しその、なんというか空気が変わりますので、気持ちをしっかりと持ってくださいね」

兄さまがニコの心配をしている。

「うむ。しんぱいはいらぬ。けっかいの出はいりはすでにやったことがあるではないか」

兄さまはちょっと目を見開いて、ああという顔をした。

「煉獄島。そうでした」

「リアもだけど、ニコ殿下も四歳とは思えない経験をしてるよな」

「さかなのきょぞくがいるとは、思いもしなかった。よいけいけんであった」

あの時は命の危険もあったのに、印象に残ったのはそこなんだと思う私である。

「ということは、初めてなのは……」

兄さまの疑問にナタリーがそうっと片手を上げた。あの時ナタリーはお留守番だったのだ。

「ルーク様、大丈夫でございます。結界から出たことはありませんが、キングダムの、少なくとも王都の者は皆、結界がなくなった瞬間も、再び発動した瞬間も体で覚えていますから」

「そうですか。あの時、皆はそのように感じていたのですね」

結界を張る当事者である私たちとは違う感覚なのだろう。だが、そう言われてみると、確かにキングダムの民はたいていの者が魔力持ちであり、魔力持ちであるということは結界を体で感じることができるということだからだ。

「それでは心配する必要はありませんでしたね」

さすが兄さま、思いやりの塊である。

「ほら、もうすぐそこだぞ」

窓の外を眺めていたギルが、片手を上げて合図してくれた。同時に、竜車がゆっくりと止まった。

「どうやら、ここからゆっくりと進んでくれるようだぞ。さ、動き出した」

先導する竜車に従って、竜車が動き出す。結界を抜けるその瞬間を見逃さないように、緊張していると、ふわっと体の中を何かが通り抜ける感じがした。

「慣れねえな」

御者席についているハンスの言葉が小さく流れてくる。結界を作りなれた私たちには、その感覚はむしろ新鮮に聞こえた。

「ここから先が、結界のない世界です」

静かな兄さまの言葉が、何かの宣言のように聞こえて思わず気持ちが改まる。経験があるとはいえ、本来出てはならない辺境の地へと、自主的に足を進めたのだ。それは緊張もする。

「わくわくするな。はじめてのばしょだ」

ニコが嬉しそうに窓の外を眺めている。

「わくわく、する？」

そうだ、私はまだ三歳なのだ。面倒なこともしがらみも全部気にせず、楽しく遊ぶのがお仕事ではないか。

「うん、わくわくする！」

「そうだろう？」

兄さまに危ないですよと言われながら、ニコと並んで竜車の窓から外を眺めた。

「シーベルでは、やたいがたくさんでるとおもう」

「やたいか！　おうとでいっしょに行ったな」

夜の王都に出て、二人で屋台の食べ物と飲み物を買って食べたのを思い出す。私はともかく、ニコはあちこちの儀礼にそれなりに参加しなくてはならないだろう。だが、そうでない時間もたくさんあるはずだ。

そうして領都シーベルまでは、ニコとおしゃべりしながら窓の外を眺めて過ごしたのだった。

今日、キングダムから王子と四侯の子どもたちがやってくること、それにファーランドの王子も視察に来ることはシーベルの民には事前に知らされている。だから、北からやってきた私たちは、大回りしてシーベルの南側から町に入り、民に顔を見せながらゆっくりと城に向かうことになっている。

この時ばかりは、ジャコモの服を着ることを私は許可した。

「リーリア様、ありがとうございます！」

感激するジャコモだが、ナタリーは相手がウェスターの伯爵家と知っても一歩も引かなかった。

「当然、このような時にリーリア様をかわいらしく見せる服もオールバンスの衣装部は取り揃えております。しかし」

ナタリーはぐいっと顎を上げた。

「リーリア様がおっしゃるのです。自分はいつもオールバンスの衣装部の皆に、とても着心地のいい服を作ってもらっているから、少しくらい他の人の服を着てもかまわないと。ジャコモのデザイナーとしての名声に少しでもつながることが、ウェスターの役に立つならと」

正直なところ、そこまで言ったつもりはない。オールバンスの皆は、私がかわいければそれで満足であって、他者に評価されたくて服を作っているわけではない。だが、服を商売にしている者にとっては、人に見せるということが大事なのではないかと遠回しに幼児らしく話しただけだ。

そういうわけで、私はいつもより若干レースやフリルの多い服を身に着け、覆いのない竜車に乗って列の先頭でシーベルの民ににこやかに手を振っている。

鷹揚に頷いてみせているニコの隣で。

本当なら兄さまと並んでオールバンスここにありと示すはずだったのだが、ニコが心細そうなのと、幼児二人のほうが見栄えがいいということで、こうなってしまった。

目立つのは好きではない。だが、こんな時は、肩からさりげなく紐で下げているラグ竜をそっと触ると心が落ち着く。ピンクのラグ竜も、旅に出る前にしっかり洗われ、つやつやのピカピカである。

だが、落ち着いて時々手を上げる金の髪、金の瞳のキングダムの王子を見て一瞬息を吞む民も、隣の私を見て安心したように笑み崩れ、大きく手を振るから、私がニコの隣にいてよかったのかもしれない。リア様くらいのぽやっとした顔が民にはちょうどいいんですよと、ハンスあたりなら言いそうだなと思ったが、頭を振ってそんな考えは追い出した。

「見てごらん。金の王子様の隣にいるのが、淡紫の小さなお姫様、リーリア様だよ。シーベルのことを忘れず、また来てくださったんだねえ」

竜がゆっくりと進んでいるので、道沿いに集まった民の言葉も時々聞こえてくるのだ。なかなか好感度が高いようでひと安心である。

それにしても、前回来た時よりもずいぶん人が多い。ヒューによると領都で週末、夜の間だけ結界を張るということで、ウェスターのあちこちから人が集まってきているのだという。

街を大回りした時も、真新しい小屋がいくつも建てられていた。宿におさまりきれないほど人が集まることを考えて、避難所のようなところを用意したのだそうだ。

それ以外にも、集まった人々に足りるよう食材やさまざまなものをあちこちから買い付けたりと、やるべきことは多岐にわたり、結界箱さえ動かせばいい、そのための魔力持ちさえいればいいと思っていた当時の自分を反省しているとも言っていた。ヒュー、偉い。

そんなことを思い返していると、私たちが通り過ぎた後ろのほうから、きゃーっという悲鳴のような歓声やどよめきが上がっている。

「まず、にいさまとギルでいっかい、きゃーってなる」

「そしてそのあと、カルロスどのでもう一回だな」

にこやかな私たちがこんな会話をしているとは気づくまい。

「みためは、かっこいいから」

「なかみはそうでもないがな」

意外とニコも辛辣である。

こうして私たちは、招待された者として一番大切な、民への顔見せを早々に行い、ひとまずの義務を果たすことができた。

そして久しぶりに会う王様や第一王子のギルバート王子に挨拶をして城に一泊した後は、お待ちかねのアリスターのお屋敷への滞在許可が出た。

「ほら、リアは俺に」

バートが伸ばしてくれた手に素直に両手を広げると、よっと勢いをつけて抱き上げてくれた。

「りゅうしゃはどこ？」

いつもお城と家を行き来するときは竜車だし、王城に近いギルのところに行くときも竜車に乗る私はあたりをきょろきょろと見渡した。そもそも王都では、門から屋敷の間でさえ広すぎて、竜車がなければ私の足で歩いていては日が暮れてしまうからだ。

「ひっさびさにリアがお嬢様だってこと思い出したよ。移動は基本、竜車か」

キャロが額に手を当てて、首を左右に振っている。

「そんなに広くないし、本当に城のすぐ近くなんだ。城からも警護の者が付くし、歩いたほうがいいだろ」

「うん！」

バートの言葉に元気に頷くと、私はバートから降りてすたすたと歩き始めた。兄さまも並んで歩いているのだが、誰かの家に行くのに竜でも竜車でもないというのは落ち着かないようで、いつもより、すこし挙動不審な感じがする。そんな兄さまと私の後ろを、ユベールがのんきな顔で付いてくる。庶民の暮らしをしているから、歩き慣れているのだろう。

ちなみにギルはいない。ニコと一緒に城にとどまっている。到着してすぐに、王族であるニコを城下に連れ出すわけにはいかないし、一人で城にも置いておくのも寂しすぎるという理由からだ。

アリスターががっかりしていたが、ギルは、数日後、ニコがシーベルのお城に慣れたら、あるいは一緒に来られるようになったら泊まりに来るから、と言って慰めていた。もちろんアリスターは、

「別に、がっかりなんてしてない」

と意地を張っていた。仲がいいのは微笑ましい。

歩き始めてみれば、確かにバートの言う通り、城の門を出て、右に曲がって五分ほどもすればもう、アリスターたちのおうちだった。

特に門番もいない屋敷の門をくぐると、着いてきた護衛のうち二人がそのまま門のところにとどまり、数人が敷地内に散っていった。四侯ともなれば、友だちのところに行くにしても気軽ではないのは仕方がない。

しかし、建物はトレントフォースの町長の屋敷よりわずかに大きいくらいで、敷地も塀に囲まれてはいてもそれほど広くない。そのうえこれだけ警護の者がいれば、忍び込むのも容易ではないだろうと私は一人領いた。

「ええと、居心地のよさそうな家ですね」

珍しく兄さまが言葉を詰まらせた。

「リアみたいに、小さいってはっきり言っていいんだぜぇ」

ミルがニヤニヤと私のほうを見た。

「それは、ちょうちょうなのに、っておもったからだもん」

そんな昔のことを言われても困る。兄さまは困ったような顔をすると、言い訳した。

「いいえ、ただ私も経験が浅く、招かれて行くのは、四侯の屋敷か城しかありませんでしたので。その、とても手が行き届いていそうな家だなと」

言い訳で墓穴を掘るとはこのことだと思い、私は思わずニヤリとしてしまった。そして、私と同じように感じる兄さまがますます好きになる。

その時、屋敷のドアが勝手に開いた。

「なかなか中にお入りにならないから、待ちくたびれて出てきてしまいましたよ。アリスター様、お客人を外に放りっぱなしはいかがなものかと」

待ちくたびれて外に出てきてしまう執事もどうなのかと思わず突っ込みそうになったが、その前に私は走り出していた。

「セバス！」

「リア様！」

セバスは私を受け止めると、高々と持ち上げて微笑んだ。

「あんまり大きくなりすぎて、もうすぐ持ち上げることができなくなりそうですよ、リア様」

「リア、ごはんもりもりたべて、たくさんおひるねしてる」

「正しい幼児生活でございます。さすがはリア様。それにこんなにはきはきとお話しされるようになって、本当に素晴らしい」

セバスは褒めるだけ褒めると、そっと私を地面に下ろした。

「セバス、げんきだった？」

「もちろんですとも。お世話をする方が五人もいますからね。具合が悪くなっている場合ではありませんから」

「よかった。あのね、あのね」

セバスに話したいことがたくさんあったが、私は自分だけがセバスと話していることにやっと気が付いた。

「にいさま、セバス！　セバス！」

「ええ、わかっていますよ」

兄さまは私に微笑むと、そのまま目を上げてセバスのほうを見た。ほんの少しだけ泣きそうな顔をするとセバスにも微笑んで見せた。

「元気そうだね、セバス」

「ルーク様も、ご立派になられて」

私の時とは違って、セバスが目に涙を浮かべんばかりに感動しているのが納得がいかない。

「時期当主としての並々ならぬ覚悟がうかがえます。さすがでございます」

「あの頃の私とは違うから。家族を、家の者を守れるように頑張っているよ」

出会ったばかりの頃に兄さまは、こんなふうにしゃべっていたなあと思い出す。これはこれでなかなかかっこいい気がする。いつから丁寧なしゃべり方になったのだったか。

「さあさあ、おうちに入りましょうね」

「うん！」

セバスと兄さまと手をつなぎ、当たり前のように家に入ろうとする私たちを、アリスターが慌てて止めた。

「いや、入ってもいいんだけどさ。いちおうそこ、今のところ俺の家だから。セバスもさー」

確かに家主を放っておいて勝手に入ろうとしてはいけなかった。

「アリスター様、申し訳ありません。主がいつまでもお客人を招き入れないものですから、つい」

「ぐっ」

まだまだセバスのほうが一枚上手のようである。

「お帰りなさいませ。そしてようこそおいでになりました」

中で待っていたのはハンナのお母さん、エレナである。覚えていた通り、ハンナと同じ青い瞳だ。その目を見ると、お屋敷でハンナと笑って過ごしていた時のことを思い出す。思い出の中のハンナはいつも笑顔だ。

「さあ、お茶をご用意しておりますよ」

「おやつは？」

「もちろん、ございますとも」

ナタリーがすっと前に出てきた。

「ナタリーと申します。リーリア様のお世話係をしております。私もお手伝いいたします」

「まあ。キングダムからわざわざですか」

エレナは驚いたようだったが、貴族の子どもの旅には世話係が当たり前だと気が付き、納得したようだ。前回だって、途中からだがドリーが付いていたのだ。

「ではよろしくお願いします」

ナタリーは私に視線を寄越して大丈夫か確認した後、お手伝いに行ってしまった。

小さいとはいえお屋敷である。オールバンスのように、行ったことのない部屋があってどこがどこだかよくわからないような広さではないものの、それなりに部屋数はあったし、初めてきたお屋敷の探検をするのはとても楽しかった。とても一日では終わりそうにない。

ご飯を食べて、お風呂にも入って、兄さまと同じ部屋で一緒にくつろいでいると、ドアを叩く音がした。私と兄さまは目を見合わせ、思わず噴き出した。

「なぜでしょうね。旅に出てから毎晩のように誰かがやってくるのは」

ご苦労なことだが、それこそ旅に出てからは、ハンスとナタリーは毎晩同じ部屋か控えの部屋にいてくれるので、ハンスが兄さまの許可を得てドアを開けてくれた。

入ってきたのは二人、一人は予想通りセバスだったが、もう一人は意外なことにハンナの母親であるエレナだった。

私も戸惑ったが、兄さまはもっと戸惑っていた。もっとも外側からは感情の揺れは感じられないだろう。さすがお父様の子どもである。

私が戸惑うのは、エレナからハンナを奪ってしまったという負い目があるからだ。そうではないとどんなに自分に言い聞かせても、罪の意識は消え去りはしない。そして兄さまが戸惑うのは、私を屋敷から連れ出したハンナとその身内を憎む気持ちがどうしても消えず、そんな自分が嫌だからではないのかなと思う。

「セバス、そろそろリアの寝る時間だが。そちらは何の用だろうか」

兄さまはエレナの名前を呼びたくないのか、そんな言い方をした。

「エレナが、どうしても礼を言いたいと申しますので」

何の礼だろうと私は疑問に思った。ハンナのネックレスは一年半前に返したし、そのこともう済んだことだ。そんな私と兄さまの前にエレナはひざまずき、まるで祈るかのように両手を組み合わせた。

「レミントン夫妻が、罪を認め幽閉されたと聞きました」

私は、幽閉される前、四侯の血筋の者に会いたいと言ったあの時のアンジェを思い出した。謝るためでもなく、自分の子どもに会うためでもなく、ただ、自分が為せなかったことの原因を見たかったためだけだった。

「つみは、みとめなかった。ただ、すきかってに、いきてきたひと。それだけ」

私は、自分の膝に目を落とした。

「そのせいで、くるしんだひとがいたのに」

「リーリア様……」

エレナは両手をいっそう強く握り合わせた。その姿は、まるでその手を私に伸ばさないように抑えているかのようだった。心配して慰める権利などないのだというように。

隣で兄さまがふうっとため息をついた。

「四侯はそれぞれ独立しているとはいえ、キングダムの安全を背負う同士であり、お互いに尊重し合っている。その同士の娘を、辺境にさらわせたうえ、何度も執拗に命を狙う女、それがレミントンの当主だった」

何一つ言質はとらせなかったけれど、アンジェは確かにそう匂わせていた。

「ましてそのために使った人など道具にすぎず、塵にも等しいものだっただろう。罪だとすら思っていなかったに違いない」

悲しいことだけれど、道具とは人のこと、ハンナのことである。

「それでも！　かの方はもう二度と表舞台には戻ってこられません。そのたくらみが成功しなかったのは、すべてリーリア様と、ニコラス殿下、そしてレミントンを除いた四侯の方々のおかげと聞きました」

ジュードか誰かが教えたのだろうかとぼんやり思い、そうだ、ここはアリスターの家なのだと思い出す。ギルから聞かされたのだろう。

「これでもう二度と、誰も害することができない、それだけで私はもう……」

うつむいているエレナはこみ上げる何かを一生懸命に呑み込んでいた。

「ルーク様、リーリア様に心からの感謝を捧げます」

ようやくそれだけ言うと、頭を下げて静かに部屋から出て行った。隣の兄さまの緊張が緩んだのがわかる。私もほんの少しほっとした。

「セバス。私はまだまだ修行が足りませんね。どうしてもあの者を疎む気持ちが抑えきれないのです」

苦しそうではあったが、兄さまの口調が元に戻っていて私はほっとした。

「ルーク様、誰も許せとは申しておりませんよ。自然な気持ちのままでいいのです。あいかわらずご自分にはお厳しい」

セバスが兄さまを優しい瞳で見ている。

「あの日、キングダムの結界が途切れたことは、辺境の誰も気がつかなかったことでしょう。ですが四侯の皆様の張った結界は、ここシーベルまで届きました。その時はいったい何ごとかと思いましたが。もしかしたら、あの日は、辺境のどこにも虚族が出ない、初めての夜だったかもしれませんね」

私は思わず大きく目を見開いた。私たちの張った結界が、なるべく遠くまで届きますようにと願ったが、それがキングダムの結界を越えて遠くまで広がったとは思いもしなかったからだ。国境の側の人がまったく被害に遭わなかったのだと聞いて、私はほっとした。

「それはハンターにとっては散々な夜だったことでしょうね」

「まことに。あの時、バートたちは一晩中帰ってきませんでした。虚族を探して歩きまわり、結局一体も見つけられなかったと聞きましたが。もっとも、虚族を狩るためというよりは、異変の最終確認ですね」

兄さまは知っていたのかもしれないが、私は済んだことは気にしない主義なので、そんなことになっていたとは知らなかった。セバスはバートたちの近況もさりげなく教えてくれた。

「アリスター様をはじめ、バートたちももう、ハンターで生計を立てなくても十分暮らしていけるようになりましたから」

キングダムまでやってくるくらいだし、ヒューのお手伝いをして報酬を得ているのかもしれない。

私は立ったまま話しているセバスが気になり、手を引いて椅子に座らせた。ついでに膝によじ登る。

「リア様、だいぶ大きくなりました」

セバスは私の重さに満足そうだ。

「リア、おおきくなった。よめのもらいてもある」

こないだ兄さまの学院に行った結果を端的に報告したら、セバスの膝が驚きに揺れた。

「まさか、どちらの家の方です？」

「セバス、落ち着いて」

兄さまがクスクスと声を出して笑った。

「よほどの家格の方でないと、リア様をお渡しするわけにはまいりませんよ。その家はリア様を守れるだけの力がありますか」

セバスの剣幕に私も驚いた。だが、そもそも私を守る力がある家など四侯以外にない気もするから、いずれはそんなに力のない家に嫁ぐことになるのだと思うが。

「確かにいくつも話が来ましたが、すべてお断りしていますよ。そもそもはリアが学院に来たことがきっかけなんです」

兄さまはやっぱりクスクス笑いながら、セバスに学院襲撃、いや学院視察事件を話し始めた。私は大きなあくびをすると、兄さまの話とセバスが楽しく話を聞いている気配を感じながら、いつのまにか寝てしまったらしい。

第二章

伝説の結界箱を見にいこう

気がついたらいつものように朝だった。

「おはよう！　いいあさ！」

本当はいい朝かどうかはまだわからないのだが、私は元気に飛び起きた。

「おはようございます、リア。旅の間は一緒にいられて、毎日いい朝ですね」

「にいさま、いいこという。さすが！」

既に着替えて何かの書類を読んでいた兄さまが爽やかな笑顔を向けてくれた。やっぱりいい朝だ。

ナタリーもハンスも控えめながらいい笑顔で、部屋の外に出れば朝食の席にはアリスターやバートがいる。そして視界の端にはいつもセバスが控えている。

ただ、お父様がいないことだけが残念だった。

「さて、リア、今日、私はユベールと共に魔道具の調整の仕事をしなければなりません。その間、お城でニコ殿下と一緒に過ごしてもらっていてもいいですか。ニコ殿下も公務ばかりではなんですから、どうやら子ども部屋を解放してくださるそうですよ」

私は兄さまのほうを横目でちらりと見た。

子ども部屋と言いさえすれば、私がすぐに飛びつくと思っているのだ。ならば返事はこれ一択である。

「いや」

「り、リア？」

よい子の私はめったに嫌とは言わない。だが、今回は別である。ユベールが一緒で、魔道具の調整をするということはつまり、今回のメインイベント、シーベルを覆う結界箱の調整をするということではないか。それならば、私だって見てみたい。

「リアも、にいさまといく」

「それはいけません」

「いく」

「リア」

兄さまの静かな声は怖い。だが、私はキングダムの結界箱の中でさえ見た幼児だ。シーベルの結界箱だって見てみたいではないか。

「あの、ルーク様」

この緊迫した空気の中、割り込めるユベールは案外心臓が強い。

「この件ですが、ご当主がいれば、だめとは言わないと思うんです。それに」

確かに、危険がないのであればお父様は意外となんでも言うことを聞いてくれるような気がする。

「それに？　なんだというのですか」

「ええと、その」

厳しい兄さまの言い方にたじろぐくらいなら、最初から会話に割り込まなければいいのにと思うが、助かったのは確かだから、私は胸の前で手をギュッと握ってユベールを応援した。

「あの、リーリア様がいてくれると心強いというか」

これはあまりに意外だったのか、部屋には居心地の悪い沈黙が落ちた。成人男子がいったい何を言っているのかというあきれと、リアならそう言われても仕方がないというあきらめと、理由は二つあったと思う。

しかし、へっぽこなユベールがせっかく勇気を振り絞って後押ししてくれたのだ。私はすかさず畳み込んだ。

「そう！　リアがいたら、けっかい、あんしん。それに、あんぜん」

結界になにかがあっても、私がいたらなんらかの対応ができることを推しておく。

「そうですね。確かに、リアは目に入るところにいたほうが安心、安全か」

兄さまがぽつりとつぶやいたが、私は首を横に振った。そういう、私が危険物のような言い方は止めてほしい。

「リアがいると、やくにたつでしょ」

そういうことである。

「俺も行くし、いいんじゃないか」

「アリスターまでなんですか。いくらリアと一緒にいたいからって、皆甘やかしすぎではありませんか。まあ、いいでしょう。しかし、リアだけが参加するのを、ニコ殿下が納得するかどうか……」

もちろん、納得するわけがなかった。

「わたしはリアといっしょにけっかいばこの中をみたおとこだぞ。リアが行くなら、わたしも行く」

兄さまが困ってウェスターの第一王子であるギルバート王子のほうを見ると、苦笑して許可を出してくれた。

「リーリアは相変わらずやんちゃだな。それに、ニコラス殿も頼もしいことだ。結界箱がおもちゃがわりとはな」

それはおもちゃのたくさんある子ども部屋より、結界箱の部屋のほうがいいんだねという、優しいからかいに過ぎなかったが、ニコの言う結界箱が、キングダムの結界を維持しているものを指すということは気づいていないだろう。それに、結界箱が本当におもちゃになっていると知っている兄さまが、一瞬こめかみに手をやってギルバート王子から目をそらすのを私は見てしまった。

変わった幼児で申し訳ない。

許可も出たので、皆でぞろぞろと結界箱の置いてある一室に向かうと、その部屋の真ん中の台の上に、大人がやっと抱えられそうな大きさの精緻な模様の入った結界箱が置いてあった。

キングダムの結界箱は動かせないように土台が固定してあり、しかももっと大きかったが、やはり町一つ分で魔石を三つしか使わない箱だと、このくらいなのだろう。アリスターの持っていた結界箱よりはだいぶ大きいが、それでもやはり。

「ちいさい……」

「リア」

ニコに叱られたが、遅かった。全員が振り返ってこちらを見ているではないか。なんとかごまかすことができないかと思ったが、何も思いつかなかった。

「ゴホン、ゴホン」

と兄さまが一三歳らしからぬ咳をして代わりにごまかしてくれたので、ほっとする。少し言葉には気をつけなくてはならない。

「この間ルーク殿が来てくれてから、魔力訓練のやり方を見直してみてな。三つある魔石のうち、前までは二つが限度だったが、今では王族だけで三つ全部魔石を満たすことができるようになったのだよ」

ギルバート王子が自慢そうに成果を話してくれた。

「ただ、うちはヒューが私の代わりに視察で、国のあちこちに出歩くことが多いのでな。やはり、アリスターが成長した暁には、手伝ってくれるといいと思っているよ」

アリスターはそれに対してしっかりと頷いた。

「俺は大人になってもウェスターで暮らすつもりです。何らかの形でウェスターの民のために力を尽くせるなら、やります」

シーベルで暮らし慣れてきたアリスターにとって、シーベルの王家はもう敵ではないのだろう。もちろん、それには、身近にバートたち家族同然の人がいる安心感もあるはずだ。

アリスターが迷いなく暮らしているのを見て私はとても嬉しくなった。

「であるから、もうこれ以上何かをする必要があるとは思えないのだが。オールバンスには、前回来た時に、予備の魔石という過分な礼を、既にいただいているではないか。今回、結界箱を改めて見たいと言われて驚いたのだよ。それに、していただく理由もない」

ギルバート王子の言う過分な礼とは、オールバンスの娘を保護してくれた礼ということなのだろうなと私はすぐに理解した。

「はい。しかし、今回は、魔石そのものや、魔石を満たすということ以外に、少し試してみたいことがあるのです」

兄さまはウェスターの第一王子相手にも堂々たるものだ。もっとも、ファーランドの第一王子相手でも堂々としていたから、いまさら驚くことではないのかもしれない。

「まず、この者に、そこの結界箱を見せてもよいでしょうか。一族の者で、ユベール・オールバンスといいます。魔力量はさほどでもありませんが、若くても優秀な、オールバンスの専属技術者です」

兄さまがユベールを指し示した。こういう時、力がなくてもオールバンスの名がついているのは役に立つと初めて知った私である。

ユベールは相変わらず気弱そうにおどおどした雰囲気だが、技術者らしく初めて見る結界箱に目を輝かせている。

「かまわぬ。要は大きな結界箱というだけで、ハンターが携帯している小さい結界箱と仕組みは何も変わらぬからな」

ギルバート王子は鷹揚に頷いたので、ユベールは兄さまを確認して結界箱の前に進んだ。もちろん、私とニコもちょこちょこと後ろをついていく。

「おやおや、小さい技術者殿も一緒だな」

兄さまが一瞬無表情になったが、おそらく冗談ではなくその通りですと心の中でつぶやいたのだと思う。ユベールが箱をうやうやしく開く前に、中が見えるようにハンスが私を持ち上げたのでニコの護衛も慌ててニコを持ち上げた。

「なるほど。まずはこの箱の造りやデザインが素晴らしいのは別として、魔道具としての造りは単純なものですね。中を見てもよろしいですか？」

一番上には大きな魔石が三つ配置されているだけだ。ちなみに、キングダムの結界箱の魔石は五つ。魔石自体もかなり大きい。

ユベールが箱にそっと手を入れると、一番上の魔石の載った台を持ち上げる。その下を思わず首を伸ばすように見つめると、魔石の下の部分三か所に赤みがかったローダライトが配置されている。ローダライトの載った台を持ち上げると次にあるのは薄青いマールライトになる。

そしてそれを上下に動かすスイッチが一番下。

確かに単純なつくりだが、持ち運びする小さい結界箱はもっと単純なつくりだから、やはり箱が大きくなるとそれなりに複雑ではある。

それにしても、今までに見た中で一番大きいマールライトだ。

私は思わずそのマールライトに手を伸ばしていた。

「「「あっ」」」

声が重なったのは、ユベールもニコも手を伸ばしていたからだ。

三人共慌てて手を引っ込めると、ユベールがゴホンと咳払いしてから、ギルバート王子のほうに体を向け、許可を求めた。

「マールライトをはじめ、中の機構に手を触れてもいいでしょうか。私はもちろん、ニコラス殿下が触れてもリーリア様が触れても、なんの害も及ぼさないと誓えます」

私たちの分もお願いしてくれて嬉しい。持つべきものは研究仲間である。

「かまわぬ、かまわぬ」

すぐ許可が出たが、隣のヒュー王子は苦い顔である。兄が鷹揚な分、弟として自分が厳しくあらねばならぬと思っている人だからだろう。

「では、まず私が」

ユベールがマールライトに指先を触れ、ほんのりと魔力を流したのが見えた。周りからはただ触れているだけのように思われるだろうが、私にはユベールの指先から魔力が流れていったのがわかる。

そうして変質がどのようなものか確認するのだ。

「ふむ。次はリア様、よろしいですか」

「うん」

私もマールライトにそっと魔力を流してみた。魔力が素直に結界に変換される。つまり、魔石に入った魔力に応じて結界が展開される、アリスターの結界箱に近いものを感じた。

「はい、こうたい」

ニコもふくふくとした指を伸ばして、そうっとマールライトに触れてみている。

「うむ」

「ふむ。なるほど、べんきょうになるな」

マールライトに触った後は、私もニコも床に下ろしてもらった。

ユベールはその後もマールライトの段を持ち上げ、その下やつなぎ目を確認すると、最後にはきちんと結界箱を元に戻した。

かと思うと私たちの横で急にしゃがみこんだ。いつものように三人で頭を寄せ合う。

「リア様、ニコ殿下、どう思います？」

聞かれたからには答えねばなるまい。

「アリスターのけっかいばことおなじ。おおきいだけ」

これが私の見解である。

「とくだんかわったかんじはなかったな。ふつうのけっかいだった」

そしてこれがニコの意見だ。

「そうですよねえ。ただ、だいぶ古いものなのでしょう。今すぐどうなるということはないでしょうが、マールライトの力が弱っているような気がしますね。ローダライトもできれば新しいものと交換したいところですが」

しゃがみこんだまま悩むように腕を組んだユベールは、顔を上げると周りの人の視線に驚いて後ろにお尻を付いてしまった。

「うわっ」

「驚いている場合ではありませんよ、ユベール」

あきれたような兄さまをはじめ、部屋の全員が自分たちに注目していたことに気づいたユベールは、急に慌てだした。

「す、すみません。つい夢中になって」

普段三人であれこれ研究成果を話しあっているから、こんな感じになってしまったのだろう。

「それでどう思いますか」

「は、はい」

ユベールは慌てて立ち上がると、二、三度深呼吸をした。

「古いタイプの結界箱ですが、その分余計な手が入っておらず、手入れは比較的簡単な印象です。マールライト、ローダライトを定期的に点検、交換しさえすれば、後は魔石次第で長く使えるよいものだと思います」

ギルバート王子はヒューと顔を見合わせて、ほっとしたように微笑んだ。

「ただし、逆にいえば、今までほとんど手入れはしてこなかったのではないでしょうか。ローダライトは古いものですし、マールライトについても若干効果が弱まっている印象です。数年で壊れるものではありませんが、できればお手入れが望ましいかと」

キングダムの魔道具の技師らしい提案ができたユベールは、責任を果たした面持ちで少し緊張が解けたように見えた。

「とはいえ、ウェスターには結界箱を扱える技術者などおらぬ。本来なら箱ごとオールバンスに預ければいいのだろうが、既に明後日には結界箱を発動する。その後も定期的に使うとなれば、一〇日以内にキングダムの王都まで往復するのは厳しいものがあるな」

ギルバート王子が難しい顔で眉根を寄せる。

「そこでわがオールバンス家から提案が二つあります」

兄さまがゆったりと両手を広げてみせた。ウェスターの王子二人はその話を聞こうという真剣な表情に変わった。

「ひとつ。シーベルに滞在している間、このユベールを貸し出しましょう」

「この者をか。先ほどオールバンスの専属技術者と言っていたが、つまり」

「はい。結界箱を扱える技術者になります」

おおというどよめきが起こり、ユベールはその声にびくっとした。私は安心させるようにユベールの腿をぽんぽんと叩いてあげた。

「いや、待ってくれ。今まで絶対にキングダムを離れなかった王族と四侯が、幼き者たちとはいえここウェスターにいる現状が現実離れしていることはわかる。しかし、結界の技術者を外に出すのも本来は駄目だろう。これはさすがにいかがなものか」

ウェスターの王族に苦言を呈されている現状こそがちょっと笑える私である。

「はい。だから内緒です」

兄さまはにっこり微笑んだ。

見渡してみると、部屋にいるのはウェスターの王族が二人。兄さまとギルとアリスター。そしてニコと私とユベール。あとは護衛だけだ。今回はファーランド一行には席を外してもらっている。

「ここにいる者が口外しなければ、ウェスターでは秘密は漏れることはありません」

キングダムでは漏れたとしても問題はないということなのだろう。ニコがいても大丈夫ということは、おそらくここに来る前に王家にも許可は取っているはずだ。

「ユベール、できますね」

「はい。ローダライトの交換はすぐですし、マールライトは今回は交換せず、今ある物の寿命を延ばす調整をしたいと思います。今日一日やるだけでもだいぶ安定するはずです」

「おお、それはありがたい」

こんな時のユベールは頼もしい。

「そしてもう一つの提案はこれです」

兄さまがギルに合図すると、ギルは最初から持っていた大きい布包みを慎重にほどいた。

「それは、いったい」

中から出てきたのは、何の変哲もない木の箱だった。

この部屋にある結界箱が一抱えくらいあるとすると、その箱はその半分もない。

なんの模様も入っていないが、高級感はある。

ギルと兄さまは、そのままウェスターの二人の王子の前まで進むと、中身が見やすいようにとギルが跪いてから膝にのせ、パカリと蓋を開けた。私とニコとアリスターも、それを見たくて近くに寄っていた。

「三か所のくぼみ。まさかこれは」

兄さまはにこりと頷いた。

「この間は妹を保護していただいた感謝の気持ちとして、三つの魔石を。そして今回はお招きにあずかった土産として、それをはめる結界箱を。前回はオールバンスからですが、今回はリスバーンからの感謝の気持ちです」

それで兄さまではなく、ギルが結界箱を持っていたのかと納得した。ギルが結界箱を持ったまま、うやうやしく口を開いた。

「もちろん、オールバンス製の魔道具ですが、リスバーンが発注して作ってもらいました」

ちらりとアリスターにやった視線で、リスバーンの、四侯の夏青を一人預けている礼であるということが伝わったと思う。それと同時に、アリスターはウェスターにいてもリスバーンの一族であることを念を押したとも言える。

「目立たぬようにあえて装飾は省いていますが、箱はウェリントン山脈の硬くゆがみのない栗の木を用い、耐久性を重視しました。そして」

ギルは言葉を止めると兄さまのほうに目をやった。

「中はオールバンスの最新技術で作らせてもらいました。魔石は今ある結界箱と共有できますが、一番の特徴は、魔石が今までの一、五倍もつということです」

「それはつまり、魔石を充填しさえすれば、それが今までよりも長くもつということか。魔石の充填の間隔が今までよりあけられると」

「その通りです」

誇らしそうに胸を張った兄さまだが、その兄さまこそが私は誇らしい。

「しかし、しかしそれでは、私たちウェスターに利が大きすぎるのではないか」

「確かにそのように思われるかもしれません。ですが、私たちも完全に無償でこの結界箱を提供するわけではありません」

兄さまの言葉にむしろ安心したように、前のめりだったギルバート王子は椅子の背に寄りかかった。

「そうでなくてはな。ではその条件を聞こうではないか」

兄さまはまっすぐにギルバート王子を見た。

「実はこの結界箱は、最新の試作品なのです」

「試作品」

最新ということは、まだ性能が安定していないということなのだろうか。

「試作品と言っても、結界箱を長年作っていたうちの技術からすれば、性能に不安があるわけではありません。ただ、正直なところ、作ったばかりで、まだ長期的な耐久実験ができていない状況なのです」

私がバートに話したことと同じだ。

「だからこそ、万が一結界箱が動かなくなった場合でも、もう一つの結界箱がある状況で、どのくらいの性能がどのくらいの期間発揮できるか確かめるよい機会ととらえました」

「つまり、我らはこちらの新しい結界箱を使う。そして元からある結界箱は予備とする。予備として十分な機能を発揮するために、整備もオールバンスが受け持ってくれると、そういうことでいいのだろうか」

ヒューが要点を確認した。

「はい。とりあえず一〇年は経過を見たいと、当主が申しておりました。それ以降の整備には費用はいただきたいとも」

「一〇年、無料で使えてそれ以降も整備代だけで済むのか。しかも万が一のための予備までである状態では……」

ウェスター側にとって有利な条件であるということは私にでもわかる。

「この結界箱の事業は我ら王子二人に任されているゆえ、この場ですぐに返事をしたいところだが、あまりに重大な案件だ。陛下に相談して決めたいが、待ってもらえるか」

「もちろんです。ただ、かまわなければ時間がもったいないので、ユベールにこの結界箱の整備だけは始めさせたいのですが」

「それはこちらからお願いしたいくらいだ。重ね重ねの配慮に感謝する」

ファーランド一行を排除したこの結界の部屋の中で、ウェスターとキングダムの結びつきが一段と深まる瞬間を、私は見たのだと思う。


それから部屋を出て、結局は子どもは子ども部屋にと追いやられたが私はご機嫌だった。

「リア、きげんがいいな。あのけっかいのへやのできごとは、たしかにおもしろかったが」

ニコが絵本をめくりながら私に尋ねてきた。

「それもある。でもね、いいこときいたから」

「いいこと?」

私もニコの隣に並んで、キングダムでは見たことのない絵本をめくりながらニコに答えた。

「リア、わかったの。よびがあれば、じっけんしていい」

「よびがあれば？」

ニコは少し考えを巡らせているようだったが、何のことか思い至ったようだ。

「けっかいばこ。よびがあれば、あんぜんにじっけんできるとよろこんでいたな。そのことか」

「そう」

私はニコニコと頷いた。ニコはふむという顔で、絵本を指でとんとんと叩いた。外から見ると、まるで絵本について話しているように見えるだろうなと思うと、思わず笑い出しそうになるが我慢した。

「つまり、われわれのけっかいばこも、よびを作れば、じっけんがしやすくなると、そういうことだな」

「あちゃー」

額を押さえて天を仰いだのはハンスである。

「本当にリア様はロクなことを思いつかねえ」

「しつれいな」

安全が確保できれば、バートたちにも実験をしてもらえるかもしれないのだ。

アリスターの結界箱に魔力が不足していた時は、結界は次第に弱くなり、最後にふっと消えたと記憶している。つまり、結界の効果がいきなり消えることはないということだ。

性能が不安定になってきたと感じたら、すかさず予備の物に代えてもらう。しかも、予備を複数持たせればどうだろうか。

夢を膨らませる私に、ニコが冷静に現実を指摘した。

「だとしても、まずはユベールに正しいけっかいばこの作りかたをおそわらねばならぬな」

「そのとおり」

私も神妙に頷いた。教えてもらえるかどうかが一番の難関だと言える。

そもそも、今まで遊びで作っていた結界箱は、あくまで私たちが想像に基づいて作っていたにすぎず、その作り方が正しいかどうかはまったくわかっていないのだ。

「でも、これでわかった」

「リア様はそれ以上わからないほうがいい」

護衛の戯言は無視するに限る。

「じっけんするまどうぐは、ひとつではだめ」

「これからは二ついじょう、作ることにするか」

「それがいい」

私とニコは目を合わせて、同時にこくりと頷いた。

「これはさすがにルーク様に報告しないと」

慌てるハンスに、さすがではなくても、いつもいつも報告しているではないかという突っ込みはしないでおいた、優しい私である。

第三章

シーベルの結界

ハンスは兄さまに報告したのかもしれないが、そのことで何か言われることはなかった。なにより、忙しくてそれどころではないというのが本当のところだ。結界を発動する日は二日後に迫っているので、シーベルには続々と各町の代表が集まってきていたからだ。もっとも、トレントフォースをはじめ、ウェスター西部の町は遠すぎて、あまり人は来ていないようだったが。

とはいえ、兄さまもギルも、王族と結界箱について直接のやり取りした以外は、ウェスターの他の町の代表との個別の交流の申し込みはすべて断っていた。

しかし、城の中や町で偶然出会った者、あるいは偶然を装って出会った者の挨拶を断ることはできず、そういったことで時間をとられているようではあった。それが嫌になったのか、あらかじめ決まっていたことなのか、結界箱の技術的な話をした次の日には、私たちは朝早くからシーベルの北の草原に出ていた。

「ここまで来て偶然の出会いを装うことはできないでしょうからね」

兄さまが苦笑いしているが、キングダムから出られないはずの四侯が手の届くところに出てきたのだから、一目だけでも、一声だけでもと思うのは当然かもしれない。

意外だったのは、ファーランド一行が、きちんと外交をしていたことだ。結界箱に関して踏み込んでくることはなかったが、どうやらキングダムを挟んでも物のやり取りが盛んだった町がいくつかあったらしく、忙しそうにしていた。

いつもなら、今日のような外出には必ず付いてきただろうと思うと、ちょっとだけカルロス王子を見直してもいいかもしれないと思った。

その一方で、意外と出番がないのがニコである。

キングダムの王族が結界の外に出てきたという衝撃は、四侯の私たちより大きかったものの、四歳の王子に一体何の力があるというのか。カルロス王子のように秘書官みたいな人が付いていればその人と顔見知りになっておくだけでも何かしらの意味があるかもしれないのだが、ニコには護衛以外ついていない。

今夜の前夜祭で上座に座っているニコに挨拶には来るだろうが、それ以外の場でわざわざ会いに来る理由がないらしく、ニコは暇そうにしている。したがって同じく暇そうにしている私と楽しく行動を共にしているというわけなのである。

孫王子とはいえ王子にそれだけのお付きの人と護衛だけでいいのかと思っていたが、余計な人を付けるとかえって面倒になるという、計算の上の人事だったのかなと思ったりもする。

「でもにいさま、どうしておそとへ？」

「これの実験のためですよ」

兄さまは竜車の足元に置いてあった布包みを指さした。ニコは腕を組んでふむと首を傾げた。

「けっかいばこに、にているな」

「ニコ殿下、その通りです」

「でも、けっかいばこ、ヒューたちにわたしてた」

ちょうど昨日、ギルがうやうやしく捧げ持ってギルバート王子に渡していたではないか。

兄さまはギルと目を見合わせてにこりと笑った。

「リア、一つだけだと思いましたか？」

「おもってた！」

兄さまがそう言ったということは、一つではなかったということなのだろう。

ギルが今度は全然うやうやしくなく、雑に包みをほどくと、そこから出ていたのは何の変哲もない普通の箱だった。もちろん、丁寧に塗装されており高級感はある。大きさは昨日ギルバート王子に渡したものと同じくらいだ。

「昨日見たウェスターの結界箱と同じ大きさの結界箱は、オールバンスの家にもありました」

私はオールバンスという家をなめていたかもしれない。だって、初めてヒューが結界箱の話をした時、確か皆は、

「伝説の？」

とかいってはいなかったか。おとぎ話のようなものだと思われているそんな結界箱が、そんなにあちこちにあるとは、というか自分の家にあるとは思わないではないか。

「トレントフォースでは、でんせつっていってた」

「おや、そうでしたか。確かに箱だけあっても魔石が充填できないのでは、使われなくなっていずれは忘れ去られてしまうでしょうね」

「俺だったら使えない魔石は箱から外して売っちまうな」

「それではならず者ですよ、ギル。でも」

兄さまは笑っているギルをちょっとにらんだが、何かに気がついたかのように目を見開いた。

「そう、そうだったのかもしれませんね」

「あれ、ルーク。俺の意見に賛成か？」

「賛成というか」

兄さまはすっかりギルとの話に夢中になっている。私はニコと一緒にそんな二人を静かに見ていた。

「オールバンスにあった結界箱をよく見てみると、作りがシーベルの物と一緒なんです。箱のデザインはもちろん違いますが、中の仕組みは同じ。おそらく、作った工房が同じなんだと思うんです。リアは伝説と言っていましたが、私は違うと思います。いえ」

兄さまは雑念を振り払うかのように頭を振った。

「時の流れがそれを伝説と言わせたのかもしれません。でも、結界箱を見た限り、既製品だった可能性があると思います」

既製品、という言い方はピンとこない。ギルもそうだったようで、顎に手を当てて兄さまの言葉について考えているようだ。そして口から出た言葉はこれだった。

「つまり、結界箱が一点物の特注品じゃなくて、同じ物がいくつも並べられているような、ありふれた品だったってことか？」

「そんな気がするのです。ただ、ギルが言った通り、もっとたくさんあったのに魔石だけが売られて、いつの間にかただの箱になってしまい、伝説と言われるようになってしまったのかもしれません」

ギルの質問はとてもわかりやすく、私も兄さまの言いたかったことがようやく理解できた。

兄さまやギルの言う通りだとしたら、ずっと昔、人はもっと魔力があって、もっと気軽に結界箱を使えたのだろうか。だとしたらどうして、国ごと覆うような結界箱を作ろうと思ったのか。

「リアも不思議に思いますよね。でも、キングダムの創生期の歴史は本当におとぎ話のようにしか伝わっていなくて、当時のことはよくわからないのが残念です」

既製品の結界箱が流通するような世界で、文字文化がなかったわけがない。そう考えると、当時何かがあったのだろうということだけは私にも想像がついて、ちょっとぶるっと震えてしまった。

「リア、てあらいか」

「ちがうもん」

ニコに心配されてすかさず否定したりしているうちに、ユーリアス山脈のかなり近くまで来てしまった。

「けっきょく、なにをするの？」

足元に置いてある結界箱を見てから、話がずれてしまった。

「結界箱を発動させますよ」

兄さまはニコニコと嬉しそうだ。

「キングダム内でも実験はしたのですが、やはりキングダムの強固な結界の中では正確なところはわかりにくいのです。せっかく結界のない場所に来たのですから、実際に使ってみたいですよね」

ここにはいないユベールがそれを聞いたら悔しがっただろうと思う。だが、今も城にいて城の結果箱を調整しているはずだ。

「もちろん、数日滞在して、シーベルの結界の実験が終わった後も実験させてもらうつもりですから、ユベールはその時で大丈夫でしょう。リアは優しいですね」

なぜ私がユベールの心配をしているとわかったのだろうか。兄さまはキラキラした目で実験の説明をしてくれた。

「ここで発動させて、向こうにいるアリスターたちが結界の境目を見つけてくれる、そして正確な距離を測る、そういう実験ですよ」

「リア、わかった」

「どのくらいとおくまでとどくか、たのしみだな」

結界が目で見えるわけではないけれど、私とニコは竜車を降りると、御者席に乗せてもらい、シーベルの方角に豆粒のように見えるアリスターたちのほうに体を向けて手を振った。

「いいですか?」

竜車から兄さまが顔を出した。

「いーよー」

「いーぞー」

大きな声で返事をすると、兄さまは大きく頷いた。

「結界、発動!」

竜舎の中で、ギルがスイッチを入れたのだろう。途端に胸の真ん中をキーンという気配が通り抜けていくのがわかった。

遠くに豆粒のように見えていたアリスターたちは、すぐに竜に乗るとシーベルのほうに駆けていき、やがて竜を止めた。少しうろうろしてから、位置を定めたようだ。

「ここを起点として、あそこまでが結界の半径になります。キングダムの結界の中でも、結界のないところでも、結界の有効範囲は変わらず、といったところですね。ということはキングダム内だけの実験で十分か……?」

「そうだと楽だろうな。さて、次は夜の検証だな」

「ギル！　しっ」

兄さまがギルを止めたが、もう遅い。私たちはしっかりと聞いてしまった。

「よる」

「よるだな」

「ああ、もう。リアとニコ殿下は、夜に草原に出てはいけませんよ。連れて行きませんからね」

私は兄さまににっこりと笑顔を見せた。私だって無理を言ってはいけないことくらいわかっている。

「その笑顔が怪しいのです」

「確かにな」

嘆く兄さまと笑い転げるギルに一言言っておかなくてはなるまい。

「あやしくないもん」

怪しい人影もない草原で、実験は繰り返し行われ、何度スイッチを入れても、結界の範囲は安定して変わらないということがわかった。キングダムの結界の中で行った実験の結果と相違ないということもである。

私とニコは結界が何度も体を通り抜けていくのを感じながら、草原で走り回っていた。大きな人たちは大変だなあと思いながら。私たちは明日、結界当日の夕方までですることがなく暇なのである。

「ウェスターにお渡しした結界箱もまったく同じ性能です。前日ギリギリの再検証ではありましたが、現地で確かめられてよかったです」

兄さまが爽やかな笑顔を浮かべている。

「昨日あれだけかっこつけて献上したわけだからな。結果が出て俺も嬉しい」

ギルもほっとしたようだ。

「だがルーク、ちょっと気になる報告が来たぞ」

「なんでしょう」

「シーベルの東と南の方角に、大きめの竜の群れがいるらしい」

「竜の群れ、ですか」

兄さまはユーリアス山脈のほうに目をやった。

私たちが連れて来たのではない竜が何頭もいて、ゆるい群れを形成している。そういった群れは、目に入る範囲だけでも数グループあった。それは特に何ということもない普通の風景である。

ギルが首を横に振る。

「ああいうのではなく、もっと規模が大きくて密なものらしい。これは報告だな」

「そうですね。万が一ということがあってはいけませんからね」

キングダムの門は、大量のラグ竜の群れに破られた。シーベルの結界箱を発動させるときは城の中でなく、城の門の前に置くらしいので、城の中の心配は必要ないだろうが、危険は避けるに越したことはない。

「さあ、無事結果が出ました。お城に戻りましょう」

「はーい」

「わかった」

兄さまの声と共に馬車に戻った私とニコは、たくさん遊んで明日の公務のための気力の充塡をしっかり済ませていたのだった。


さて、今日はシーベルの結界箱を発動させる当日だ。大人と違って細かい仕事のない私たちは、夕方の式典に向けてのんびり準備をし、それから式典の場所である城の前に向かった。

「ニコラス殿下、こちらにどうぞ」

あいかわらずでっぷりと太った副宰相のハーマンがうやうやしくニコに声をかける。城では時折見かけていたが、事前の準備で忙しいのか、私たちにかかわってくることはなかったので、ちょっとほっとしていたのだが、式典ではそうもいかない。

実際、ニコの隣に私もいるのだが、身分の高いニコに夢中で、私のことなど目に入らないのがハーマンらしい。片方の眉を上げた私を、先に来ていたヒューが気まずそうに見ている。

この国の唯一の欠点が副宰相のハーマンの無礼さだと私は思うのだが。

「うむ」

この日ばかりは王子らしく着飾ったニコが呼ばれたのは、城の前にしつらえられたひな壇である。ウェスターの王様を挟むように、向かって左側にニコ、右側にカルロス王子の席がある。さらにニコの隣は私、兄さま、ギルと四侯が並ぶ。なんだか一列になっておかしいが、壇上に並ぶすべての人々には上下がなく、対等の立場であるというアピールなのだそうだ。

ひな壇は城の門の前に広場にしつらえてあり、ひな壇の前には白い布が被せられた台の上に、最初から使うつもりだったシーベルの結界箱が置かれている。やはり、最初はもともとあったものを使いたいとのことらしい。予備はといえば、城に置いてあるそうだ。

その様子を町の人や遠くから訪れた人々が好奇心いっぱいに眺めている。なにしろ、結界箱はともかく他国の王族など普段見る機会もないのだから。

声をかけられないのであえて動かずにいた意地っ張りな私に、先に段を上っていたニコが気がついてくれた。四歳児でも気がつくことを気づけないハーマン、ニコをよく見て学ぶがいいのである。

「さあ、リア、てを」

「はい」

この日ばかりはレースいっぱいの、ジャコモ謹製のドレスを着ている私は、ニコの差し出した手をしずしずととった。レディらしい態度に、我ながら自慢げな顔はハンスが見たら何か言いそうだが、今のところ護衛は横のほうに控えているので、民に背を向けている今はどんな顔をしても平気だ。

伸ばした手をニコに重ねた瞬間、集まった人たちからどよめく声がする。

「おお」

「さすが、キングダムの王子様とお姫様だねえ」

ニコがひな壇の一段上から、愛らしい私の手を取り、私がニコを見上げている形になる。そのままの形で一瞬止まった私は、ニコにそっとささやいた。

「ニコ、せーので、まちのひとのほうをみよう」

「うむ。では、せーの」

同時に二人で民のほうに体と顔を向けて写真のように動きを止めると、大きなどよめきと歓声が上がった。私はニコに手をひかれたまま、よいしょと段を上がり、ニコの隣に立つ。そして、二人でゆっくりと手を振った。

「これこそファンサ」

「ファンサとはなんだ」

「えーと、たみをよろこばせる?」

「このくらいでよろこんでくれるなら、らくなしごとだ」

兄さまたちと違って、私たちなど、愛らしさで皆を喜ばせるくらいの仕事しかないのだ。精一杯務めている私に、横やりが入った。

「やれやれ、リーリア様は相変わらず勝手に動いてしまわれる。挨拶は私共が紹介した後でお願いしたかったのに」

相変わらずなのはハーマンのほうである。珍しくニコがむっとした顔で眉根を寄せた。それが目に入ったのかどうかはわからないが、これにはさすがにヒューが口を出してくれた。

「わざわざ民を喜ばせようとしてくれた幼い者たちの気遣いだぞ。リーリア殿がそういう気遣いのできる方であるという判断ができず、無下にするとは、どうやらこの式典を任せたのは失敗だったか」

ハーマンは副宰相という立場であり、それなりに仕事ができる人のはずだ。しかし、自分のしたいことが先に立ち、人の気持ちに配慮することがない。いまさらかもしれないが、前回から全く成長していないようだ。

「しかし最も効果的なタイミングというものが」

「ハーマン、見よ」

ヒューは民たちのほうを指し示した。シーベルの町の人が、大人も子どももニコニコと大きく手を振っている。

「今がそのタイミングであろう」

「うっ。確かにそうでございます」

ハーマンはしぶしぶと私のほうを見て、わずかに頭を下げた。

「リーリア様、失礼なことを申しました。お許しを」

私が頷く前に、ニコがハーマンをまっすぐに見上げた。

「ようじだからとて、あなどるものはどこの国にもいる。おまえがわれらをみているように、われらもおまえをみていることをわすれるな」

「はっ、はい」

今度はしっかりと頭を下げたハーマンである。

「実はニコラス殿下。私には孫がおりましてな。ちょうど殿下と年回りのよい、かわいらしい孫でして」

「ハーマン」

「なんですかな、ヒューバート殿下。おや、あーれー」

「すまぬな」

そんな役割のために壇上にいたのではあるまいに、ヒューはハーマンを引っ張ってどこかに連れて行ってしまった。懲りない人である。私はこっそりため息をついた。顔はちゃんと笑顔である。

「ハーマン、まえとかわってない」

「まえからああなのか」

「うん。リアのラグりゅう、ぽいってすてたの。きたないからって」

私は説明しながらそんなことがあったなあと肩から掛けたラグ竜に手を添えた。落ちたラグ竜はアリスターが拾ってくれたのだった。

「しろでも、ああいうものはいる。子どもだからとあなどるものは、だいたいおろかだ」

「おろか」

「いちじがばんじ。ほかのことでも、同じようなふるまいしかできぬ」

そう語り合っている間も、私たちはにこやかに手を振っている。

「そろそろせきにつくか」

ヒューがいなくなってしまったので、私たちは用意された椅子にそれぞれ勝手によじ登った。ハーマンはいてもどうせ役に立たないからどうでもいい。

「キャー！」

「かわいい！」

手を振っている時より、よじ登った姿が一番盛り上がっている気がするのはなぜだろう。ちらりとハンスを見ると、かなり苦々しい顔をしていた。本当なら自分が側にいてすっと椅子に乗せたかったに違いない。

兄さまやギル、それにアリスターはといえば、まだ城で何かやっているし、バートたちは、今日は町の外側にいて、結界の境目を監視する役割なのだという。

それならばと場つなぎに少し早く来てみたのだが、人形扱いでも喜んでくれるのなら来たかいがあるというものだ。

「でも、すわってるのだけだと、あきる」

「あきるな。だが、こういうばあいは、きちんとせをのばしてすわっているものだ」

ニコはその言葉通りきちんと座っているが、私はもうすこし甘やかされて育っているので、もぞもぞしたくてたまらない。

「あしをぶんぶんしよう」

「うーん、まあいいか」

二人で足をぶんぶんさせていたら、どんどん人が集まってきた。

「王子様といってもまだ子どもなのね。かわいいわ」

「スカートのレースがひらひらして愛らしい」

耳を澄ませているとむしろ高評価である。

カルロス王子や兄さまたちも順番にやってきたが、その時にはひな壇の前にはたくさんの人が集まっていて、私たちは人集めの役割まで果たしてしまっていた。

そうして始まった式典は簡単なものだった。結界については、本当は夜になった時に発動させれば印象的なのだろうが、それは危険である。だから、招待客の簡単な紹介と結界箱の説明が終わるとすぐに、ギルバート王子とヒューが結界箱の前に立った。

「では、結界、発動！」

王子の掛け声と同時に、ヒューがスイッチを入れる。キーンという気配と共に、結界が発動するのを感じた私は、民の様子を注意深く観察していた。

ほとんどの者は何かが起こったとすら思わず、立ち尽くしているだけだが、ところどころに胸を押さえたりと居心地が悪そうにしている様子の人が見えた。つまりその人たちは魔力持ちということになる。

胸に響く結界のはじまりの感覚は、慣れないと不快感を覚えるものだ。

キングダムではほとんどの人が何らかの感覚を持ったらしいが、やはり辺境の人々には魔力がある人は少ないようだ。

そんな人々にギルバート王子が声をかけた。

「町の外側の街道沿いに、結界はここまでというめやすの柱を立てている。また、警備の兵を配置している。興味と勇気のある者は、見に行ってもかまわない」

夜は虚族が来るから出てはいけないと言われている辺境の人々は、本当に夜に出歩くことは少なく、そのため虚族を見たことのある人はほとんどいない。

シーベルでは何度か結界箱の実験もしているため、町の人は余裕をもって王子の話を聞いているようだが、町の外から来た人はやはりざわざわと不安そうな様子だ。

「これから二日間、夜の間はずっと結界を発動させる。町歩きを楽しむもよし、自由に過ごすがよい！」

ギルバート王子の言葉に応え、集まっていた人々は思い思いの方角に散っていった。結界箱の近くに寄って、しげしげと眺める人もいる。不安もあるが、期待のほうが上、そんな印象である。

逆に、この時とばかりに集まってきた人たちもいた。

近隣の町の代表や商人たちだ。

こちらから声をかけることはないが、挨拶と顔見せだけでもと、特に、キングダムの私たちとファーランドのカルロス王子のところには列ができている。

「リーリア様、覚えておいでですかね」

時には、トレントフォースからシーベルまでの旅の間にお世話になった町の代表なども顔を見せてくれて、私は覚えているよという意味を込めてにっこりと頷くのだった。そんなときは兄さまも隣で笑顔を見せ、代表たちは同じ淡紫の兄妹を、眩しい物でも見るように目を細めて眺めていく。

そんな列が夜の闇が下りるまで続き、最後に来たのは親子二人連れである。

新たに街灯がつけられたらしく、大きな通りは昼と見まごうかのように明るい。店は昼のまま開けられており、空いた場所では露店でさまざまなものが売られている。

何かの楽器の音が響き、手拍子と共に誰かが踊っている気配もする。

私は早く挨拶が終わらないかなとそわそわした。だが、最後に来た二人連れを見て、ヒューが小さい声を漏らしたので、私はしゃきっとした。

「ケアリー」

ケアリーと聞いて、かすかに兄さまが身じろいだ。ケアリーは国境の町で、キングダムとウェスターにまたがる珍しい町である。ケアリーがオールバンスに何かをしたわけではないが、私の捜索にあまり協力的ではなかったという話は聞いている。お父様と兄さまはあまりいい印象は持っていないようだ。

そして私はといえば、これもいい印象は持っていない。旅の途中で、ケアリーの町長の息子の捜索に協力したというのに、ほとんど感謝もせず、自分勝手な態度の人だったからだ。

その町長を改めて見ていると、ぽっちゃりとしたところはハーマンに似ているが、そこまで太っているようではなく、茶色の髪を丁寧に後ろになでつけている。そしてヘーゼルの瞳を不機嫌そうにすがめているが、ジャケットから金鎖が見え隠れして、町長というより、裕福な商人のようでもある。もっとも自分の表情を隠せないようでは商人とは言えないなと私は思う。

だが、町長の隣の人を見て私は思わず頬を緩ませた。

杖をついて足を引きずってはいるが、背筋をきちんと伸ばして明るい顔をしている青年は、ケアリーの町長の息子である。マークと同じ年頃に見える。髪色も瞳も、父親とよく似ているが、息子のほうが全体に薄い感じだ。

私はその姿に懐かしさを感じた。海辺の町、そのすぐそばのハンター喰いの島と呼ばれるところ、それが私たちが出会った場所だ。岩しかない小さな島なのに、虚族が出ることから、ハンターの力試しのように使われていた場所で、行方不明になっていたのが彼とその仲間である。

仲間は虚族にその姿を映しとられたが、彼の姿だけはなかった。つまり、生きている可能性がある。ケアリーの町長に依頼された私たちは、危険をものともせず救出に向かった。

見つけた彼については、岩場の下の隙間に落ちて足を骨折し、仲間を失くして絶望していた記憶しかないが、どうやら立ち直ってくれたようだ。そして父親の側にいるということは、ハンターになるのはあきらめて、跡を継ぐことにしたのだろう。

「ケアリーよ。お前が来るとは珍しいな」

王様が声をかけている。

「お久しゅうございます。ご無沙汰しておりますが、領都に結界が張られるとあれば、来ないわけには参りませんでした」

ウェスターは東西に長い国だ。虚族がいることから移動手段は昼に限られる。そんな国で、町の代表だから、貴族だからといって、わざわざ領都まで来たりしないのだろう。現にトレントフォースの町長など、領都など行ったことがあるかどうかもわからないくらいだ。

「夜に結界のある状況など見慣れておるだろうに」

来てほしくなかったのかなと思うような王様の言葉だが、ケアリーの町長はさらりとかわして隣の息子を指し示した。

「見慣れていると言ってもそれはキングダム側のケアリーのこと。私のケアリーは、夜はそう、静かなものです。それに、そろそろ息子のカークにもいろいろ学ばせようと思いましてな。勉強のために連れてきた次第です」

「そうか。よく学ぶがよい」

王様からの声掛けに、悪い足を折り曲げてぎこちなく跪いている息子は、その後ニコやギル、兄さまに挨拶したうえで、私のほうにやってきて顔を輝かせた。

「リーリア様。あの時はきちんとお礼も言えず、申し訳ありませんでした。カーク・ケアリーと申します。改めて、ありがとうと言わせてください」

「げんきになってよかった。あし、なおらなかった?」

「いいえ。というか、あの時助けていただいたから、ここまで治ったのです。混乱して、痛みの他はあまり覚えていないのですが、もしかすると足を失うかというような状況だったらしいです」

すぐに治療したいと、急いでケアリーに連れ帰られ、あの後会うこともなかったが、歩けるくらいまで回復し、本人が満足しているのなら、それでいいと思う。

「ただ、あの状況から助かったのは、リーリア様とお仲間のハンター一行のおかげだったということは、後から見舞いにきたハンターたちに聞かされました。リーリア様が淡紫の瞳だったことも、アリスター様が夏青の瞳だったことも」

見舞いのハンターに聞かされなかったなら、誰に助けられたのかは知らなかったんだなあとちょっとあきれてしまった。

「ハンター、やめた？」

「はい」

ケアリーの息子は深々と頷いた。

「命がかかっていることを理解せず、冷静な判断を下せない者がハンターを続けていけるわけがありません。大事な仲間を私のせいで失ったことは、一生背負うつもりです。今、私にできることは、父の後を継いで、仲間たちが残した家族のいるケアリーを大切に守っていくことだと思っています」

「えらい！」

私はパチパチと拍手した。やんちゃでわがままだっただろうあの時のハンターが、よくここまで成長したものだ。

「でも、ケアリーは大きすぎて、父が何をやっているのかまださっぱりわからなくて。うろうろついて回るので精一杯です」

自分が頑張っていると自分で認めるには、犠牲が大きすぎたのだろう。その瞳には暗い影が残っていた。

「リア、すこしずつでいいとおもう」

「はい。はい。ところで、私を助けてくれたアリスター様やバートがシーベルにいると聞いたのですが、もしかしてリーリア様」

私の言葉を噛みしめるように二回うなずいたカークは、どうやら恩人であるバートたちに会えるのを楽しみにしてきたようだ。

だがそんな息子に、少しいらいらした様子のケアリーの町長が声をかけたそうにしている。この町長こそ私に直接礼を言うべきなのだが、そんな様子もなくて、何か焦っているようだ。やっぱり印象はよくない。

こちらからは一言も声をかけてやるまいとプイと横を向いた私の目に映ったのは、ひな壇を駆け上がってくるハンスだった。

「リア様！　ルーク様！　伏せてください！」

そう言われても椅子に座っている私はとっさには動けない。私を左手ですくいあげるように抱えたハンスは、そのまま右手でニコも抱えると、椅子の足元に伏せさせた。にわか作りの木の土台に布をかぶせただけのひな壇は、ハンスが駆け上がった勢いで少し揺れていた。

「ちがう？　ずっとゆれてる……」

「警備は何をしていた！」

叫ぶハンスの向いている方角から、ドッドッという、聞き慣れた足音が近づいてくる。

草原で聞くなら懐かしい音で済む。大量のラグ竜が駆けていく音だ。

「ラグりゅうのおと！　まちなのに！　ひとが！　にげさせないと！」

「さすがリア様だ。だが、もう間に合わねえ」

ハンスに伏せさせられた私から見えるのは、自分の周りとひな壇に置いてある結界箱くらいだ。

ハンスが私たちを伏せさせたからか、兄さまたちも王様も、皆身を低くして西側から走ってくるラグ竜の群れを見ているようだ。

「誰も竜に乗っていません。野生の群れなのか？　いや、鞍が付いている竜がいる！」

兄さまのつぶやきが途切れ、代わりに心配するギルの声が聞こえた。

「ルーク、大丈夫か！　耳がどうかしたか？」

「いえ、ただ……。声が聞こえて……。いたい？　つらい？」

痛い！　痛いんだ！　誰か止めてくれ！

頭に声が響く。兄さまの聞こえていたのはラグ竜の声だ。私は兄さまの代わりに大きな声で叫んだ。

「ラグりゅうが！　いたいって！」

「なんだって？　あいつら、怪我をしているのか？」

ドッドッという足音は、もう間近に来ていたが、ひな壇の上にいる私たちも、下にいた警護の者たちもどうすることもできなかった。もし竜の前に飛び出せば跳ね飛ばされて終わりだ。そうでなくても、竜がひな壇にぶつかって段が崩れたら、そして竜の暴走に巻き込まれたら、怪我どころでは済まされないだろう。

しかし、救いは東から来た。

「ひゃっほう！」

こんな時に場違いに愉快な叫び声と共に、こちらからもラグ竜の足音が聞こえる。

「ミルだ！　バート！　アリスター！」

バートたちが竜を引き連れて反対側からやって来たに違いない。

「無謀だ！　そのまま突っ込んだら竜の群れと衝突しちまう！」

ハンスの叫び声に、私は喜んでいる場合ではないと気づき、ひたすら皆の無事を祈った。

「嘘だろ……」

竜がそのまま進んでいればひな壇をも跳ね飛ばしていたはずだ。しかし、その衝撃は来ず、その代わり、私がそこを見つめるしかできなかった結界箱が跳ね飛ばされ、ラグ竜が駆け抜けていくのが見えた。

跳ね飛ばされた結界箱は竜の群れの中に落ち、そして結界が消えた。

既にあたりは夜の闇にのまれている。

私は一瞬も迷わなかった。ニコもだ。

「けっかい」

「けっかいだな」

そうして私とニコが張った結界は共鳴し広がった。加減する余裕のなかった結界は勢いよく広がり、町に近づこうとした虚族をすべて跳ね飛ばしたはずだ。おそらくキングダムまで届いたのではないだろうか。

「予備として私とギルが控えます。リア、ニコ殿下、少し持ちこたえてください」

兄さまの落ち着いた声に少し緊張がほどける気がした。自分のやっていることを正確に理解し、支えてくれている人がいることが、どんなに心強いことか。

やがて西から来たラグ竜の群れは東へと去り、代わりに東からやってきた竜がひな壇の前に止まった。

「リア！　大丈夫か！」

「そこは少なくとも王族の安否を問うべきではないか」

私を心配するバートに対する苦笑交じりのヒューの声が聞こえたが、冗談が言えるということは、危機は去ったということかと私はほっとした。だが、ヒューの声にかぶせるように、兄さまが大きな声を出した。

「ヒューバート殿！　すぐに予備の発動を！」

バートにのんびり返事をしている場合ではないのだ。たまたま私とニコが結界を張っているが、そうでなければ今すぐにでも虚族が入り込んでくる可能性があるのだから。

「承知した！」

一瞬の間の後、叫び返してひな壇からヒューが駆け下りる音がした。ヒューが年下の指示に従いたくないとかいう偏屈な人でなくて助かった。そして私とニコはひな壇に伏せたままである。周りの様子は気になるが、起き上がった拍子に結界が切れてはいけないと思うからだ。

私たちの緊張が伝わったのか、ヒューが城に向かってから少しの間、誰もしゃべらず動かないという状態が続いた。

しばらくして、キーンと、おなじみの感覚が胸に響く。

「リア、ニコ殿下、もう大丈夫です」

兄さまの声に安心して、私が、そしてニコが、順番に張った結界をほどいていく。それから、ゆっくりと起き上がってちょんと座ると、周りを見た。そしてできるだけ大きくて、自信がありそうな声を出すことにする。本当は胸がドキドキしているのだが、皆を心配させてはいけない。

「リア、だいじょうぶ」

「わたしもだ」

途端に時が動き出した。前を見ると結界箱の置かれた台は倒れて踏みつぶされており、あの美しい模様の入った結界箱は投げ出されたかのようにひっくり返り、中身が飛び出ている。魔石の載った台やマールライトの台はばらばらになって箱の先に落ちていた。

「内部機構は無事のようですね」

兄さまも同じところを見ていたのか、ほっとしたような声が聞こえた。

周りに目を広げると、民は皆、町のほうに避難できたようで、けが人はほとんどいない。

私はそれを見て胸を撫でおろした。私たちはひな壇に乗っていたから、降りて逃げようとすれば、町に逃げようと城へ逃げようと、竜の群れとぶつかる恐れがあり、動くに動けなかった。その一方で、結界箱の周りにいた町の人々は、真っすぐに町のほうに退避するだけでよかったらしい。

慌てず騒がずそういうことができてよかったと思う。

ひな壇の上の人たちも、顔色は悪いが皆無事だ。

しかし、地面の上に落ちた結界箱は、私だけでなく民の目にも入ることになる。町のほうに退避した人からざわざわと不安な声が上がり始めた。

「ギルバート殿下。城に予備があり、それが発動したことを民に伝えるべきかと」

兄さまが一声かけると、ギルバート王子は頷いた。

「その通りだな」

そしてひな壇の一番上に立ち両手を大きく広げた。

「安心せよ！」

聞き慣れた自分の国の王子のその声は、町の人によく通った。

「ラグ竜は去った！」

まずそれが大事である。

「既に城にて、ヒューバートが予備の結界箱を発動させた！　したがって、虚族は来ない！」

ヒューの名前を出したのが確かに効果的だったようだ。町の人はほっとした表情を浮かべている。

「予備だと……？」

ひな壇から、最後に挨拶に来て、逃げ遅れていたケアリーの町長の小さな声が聞こえた。確かに、町を覆う規模の結界箱がいくつもあるとは思うまい。しかし、そんなひな壇の上の疑問は、今日の結界箱の発動を成功させるには、取るに足りないことだ。大事なのは民を安心させることである。

「これより警備を増強させるゆえ、安心して祭りを楽しめ！」

自分たちに被害が出なかった以上、ラグ竜の暴走も、過ぎてしまえば祭りのスパイスにすぎない。

今しがた自分が巻き込まれ、目撃した事件をさっそく他の人に伝えようと、集まっていた町の人は三々五々散っていった。

「とはいえ、まさか竜の群れがまた来るようなことはあるまいな」

落ち着いた振る舞いをしていても、緊急事態だったことに変わりはない。額の汗をぬぐうギルバート王子である。確かにその心配はもっともだが、考えていても仕方がないと思ったのかすぐにてきぱきと指示を出し始めた。

「数人を竜の来たほうと、去ったほうに向かわせよ。特に走り去った竜については確保を第一とする」

警備の増強の指示を出すとすぐに、原因の究明のために兵を向かわせるギルバート王子は、案外優秀なようだ。真面目なのは知っていたが、最初会った時のおっとりした印象が抜けていなかった私は感心して王子を眺めた。

ギルバート王子はすぐに、駆けつけてきたバート一行のほうを向いた。

「バートよ、こたびは本当に助かった。いったい何があったかわかるか」

「いや、わからねえ」

素直な返事であるが、わからないなら、なぜここに来られたのか。

バートたちによると、大きな竜の群れが、シーベルの周りに複数いるという昨日の情報は警備の者にきちんと共有され、結界の見回りをしている兵たちは、結界の周辺と共にラグ竜の群れについても警戒してはいたという。

しかし、西側のラグ竜の群れは突然動き出した。

「たまたま街道沿いにいた俺たちはそれに気づいたんだが、この人の多いなか、大通りをラグ竜で突っ走るわけにはいかないからな。東側から回り込んで、正面から突っ込んだ」

「助かったとはいえ、危険なことを」

ヒューの一言はバートたちを心配したものだ。

「いや、もともとラグ竜は臆病な生き物なんだ。なぜ暴走したかはわからないが、正面から仲間のラグ竜が走ってきたらよけるくらいはすると踏んだのさ。だからひな壇ぎりぎりに俺たちの竜の進路を取った」

バートはその時のことを思い出したのか腕で額の汗をぬぐった。

「大声を上げて、ちょっと恥ずかしかったけどな」

「いやあ、面白かったぜぇ」

隣でのんきに腕を組んでいるのはミルだ。私は最後にミルが上げた声しか聞こえなかったが、そこまでも大きな声を上げて走ってきてくれていたのだろう。

「あー、ゴホンゴホン」

その時、わざとらしい咳払いが聞こえた。一斉に視線を浴びたのは、ケアリーの町長だ。

「大変な事態だとわかってはおりますが、我らはそろそろ失礼してもよろしいですかな。それに、ファーランドにキングダムの皆様も、少し休まれてはいかがかと推察しますが」

「あ、ああ。そうだな」

ギルバート王子は不快そうに眉をひそめたが、内容については同意した。兄さまも表情には出さないが、王族の指示をさえぎって自分の意見を押し通すやり方を不愉快に感じているのが伝わってくる。

それなのにケアリーの町長は余計なことを言った。

「結界箱があれば虚族からは民を守れるとはいえ、キングダムと違ってこのような脆弱な管理の仕方では、結界箱の意味がありませんな。しかも他国の王族を危険にさらすとは」

「父さん！　不敬ですよ！」

町長の息子のカークが慌ててさえぎり、こちらに深く頭を下げた。

「父が勝手なことを言って申し訳ありません。突然のことで動揺しているのだと思います。私も驚きましたが、助かって本当によかった」

上げた顔には確かに動揺が浮かんでいた。そしてすかさず父親を責めた。

「父さんの言ったことは罪に問われても仕方がないくらい無礼なことですよ。我らもここにいたことでなんとか命を救われたのです。お礼を言うならともかく、批判めいたことを口にするなんて」

「かまわぬ。事実だ」

ギルバート王子は冷静だった。

「脆弱さが露呈したとしても、今後の対策に役に立った。もちろん、ケアリーも魔石の集積地として、今後も領都シーベル、ひいてはウェスターの発展のために力を尽くしてくれような？」

「もちろんでございます」

ケアリーの町長は大仰に頭を下げた。前に会った時、ヒューもケアリーの町長に嫌な顔をしていたから、普段からこんなふうに態度が大きいに違いない。

「ケアリー」

その時、三歳児のかわいらしい声があたりに響いた。

誰の声かって？　私だ。

ケアリーの町長は驚いたように私のほうを振り向いた。ひな壇を降りようとしていたところを思わず呼び止めてしまったのだ。さっきからの態度に、正直なところ、腹に据えかねていた。目も据わっていたかもしれない。

「むすこ、あのとき、あし、おれてた」

腹が立っているから幼児言葉に戻らないようにするには努力がいる。

「はあ？　確かに息子はひどい怪我をしましたが、それがなにか？」

本気で言っているのだろうかと私は一瞬呆気にとられた。もしかして、息子を助けに行ったハンターの中に私とアリスターがいたのを忘れていた？　しかし、あの時確かに私とアリスターの瞳を確認して驚いていたはずだ。私はケアリーの町長からすっと目をそらすと、バートを呼んだ。

「バート、ここにきて。ミルも」

なぜこの二人なのかというと、残りの二人とアリスターが見当たらないからである。そのうえでケアリーの町長に尋ねた。

「ケアリー。むすこをたすけたの、だれ？」

「誰と申しましても、旅のハンターとしか言えませぬが。あっ」

町長は何かを思い出したように目を見張った。

「この二人は、あの時の」

「そう。そしてあのとき、リアもいた。いっしょに、しまにわたった」

「島に……。まさか！」

はっと目を見開いたところを見ると、息子を助けるのにヒューに頼んでハンターを貸してもらったことは覚えていても、そのハンターたちが誰だったかは覚えていなかったらしい。

「そうか、あの時に夏青と淡紫を確認したのだった……」

この言葉に兄さまとギルの怒りがぶわっと沸き上がったのを背中に感じた。夏青も、淡紫も、四侯の通り名ではあるが、それを本人たちのいる前で言うのは礼儀知らずと言われても仕方がない。

しかも、私たちを見かけたという報告がケアリーからキングダムのオールバンス家に届くことはなかった。私を必死で探しているのを知ったうえでのことである。ヒューが連れていたからいずれは帰るだろうという問題ではないのである。

また、通り名についても、感嘆の言葉として言われるならともかく、ケアリーの言いようは四侯をもの扱いしているようでとても不愉快に感じた。

「リアも、バートやミルも、いのちのおんじん。むすこはちゃんとしってた。リアにおれいいった」

バートたちに言ったかどうかまでは知らないが、息子はさきほどしっかりと礼を言ってくれた。

「たすけるよう、リアたちにたのんだのは、ケアリー、おまえ」

私は背が低いながらも、上の段から胸を張ってケアリーを見下ろした。私がお前などときつい物言いをしたりすることはないからか、バートがびくっと体を震わせ、心配そうに私を見た。

「そしてあのときも、れいをいわず、たちさった。リア、おぼえてる」

「あの時は息子の命が心配でそれどころではありませんでした！　それに礼金は過分なほど渡してあるはずです」

ここまで言っても感謝の言葉がない。お礼を言ったら死ぬ病にでもかかっているのだろうか。

「いま、このとき、むすこのいのち、しんぱいない」

息子の命が心配で礼が言えなかったのなら、息子の命が心配でない今ならどうなのか。

私はケアリーの町長をじっと見つめた。町長はたじろぎつつ、頭を働かせているようだが、何を求められているのかわかっていないように見えた。

「父さん！　あの島で岩の隙間に落ちたとき、どうしたってもう助からないところを、危険を顧みず俺を背負って連れ出してくれたのがこの人たちなんだ。昼でも虚族のいるところだ。まさか礼をきちんとしていなかったなんて。俺のせいでこの人たちの命も危険にさらしたんだよ」

息子が慌てて父親を謝らせようとする。それを見てバートが肩をすくめた。

「あの時も言ったが、俺たちは別に結界箱目当てでも金目当てでもなかった。それこそハンターとして十分金は稼いでいるから、危険を冒す必要はないからな」

そう言って私の側にしゃがみ、肩をポンと叩いた。

「助けられるかもしれないハンターを見捨てるのかと、アリスターとリアがそう言った。だから、助けに行った。それだけだ」

私も肩をすくめた。

「いったのは、リアとアリスター。でもいのちをかけたのはバートたち」

礼をしないのを黙って見逃そうかと思ったが、態度が悪すぎる。

さあ、ここまで言われてどうする。微妙な緊張が走るなか、ケアリーはしぶしぶと口を開いた。

「リーリア様。息子の救出、お口添えありがとうございました。そしてバートとやら、あの時息子を助けてくれたことに感謝する」

私は静かに頷いたのみである。バートはと言えば、にかっと爽やかに笑みを浮かべた。

「ああ、そっちの息子さんの元気な姿を見ただけで十分さ。よかったな、あんた」

「ありがとうございます」

また息子が深々と頭を下げた。

「見舞いに来てくれたハンターのクイニーが、あの時の状況を話してくれたんです。いつか直接礼を言わねばと思っていました。こんな非常時ですが、顔を合わせることができてよかったです。本当に、本当にありがとうございました」

「いいってことよ」

ミルが照れくさそうに鼻の頭をかいた。

「ふん、行くぞ」

礼は言ったものの、不本意であったという態度を隠さないまま、ケアリーの町長は息子と共にどしどしと歩き去った。

「いつ来ても不敬な態度よな」

どっしりと座っていた王様がぽつりと漏らしたので、この態度はいつものことなのだとわかる。

「王様よりも四侯よりも偉そうだよなあ、ハハハ」

ミルが笑い飛ばさなければ、いつまでも息苦しい雰囲気のままだっただろう。

「ケアリーは確かに魔石の集積地。ウェスターの中心にあり、人の流れも利益も大きい。だが、それはあくまでキングダムの結界に頼ったもの。それなのに、まるで自分だけの手柄であるかのように振る舞い、態度も大きいのだよ」

ギルバート王子が説明してくれた。

「ウェスターの王族にだけかと思っていたが、キングダムの王族にも四侯にも敬意を払わぬとは。困ったものだ。それにしても」

王子は私のほうを見てニコニコと顔を崩した。

「リーリア。幼いのに四侯らしい物言い、しかと耳に残ったぞ。なんとも痛快だった」

私も目立つのは嫌だったけれど、礼を言わせてすっきりした気持ちだった。

「リア、大きくなって……」

城から戻っていたヒューが目頭を押さえているが、近くの三歳児の成長に目を細めるより、まず自分が結婚して子どもを持ったらいいと思う。

私はちょっと照れくさかったので、あえて話題を変えることにした。

「アリスターと、キャロとクライドは？」

「ああ、あいつらは……」

バートが説明しようとしたとき、

「おーい！」

とアリスターの声がした。先ほど、ラグ竜が走っていったほうからだ。

「あいつらには、走っていった竜を追いかけてもらったんだ」

バートが言い直す。

そこで初めて、ヒューがはっとした顔をしてファーランドの一行のほうに目を向けた。

確かに、式典の最中にいきなりラグ竜の群れに襲われて、夜なのに一度結界がなくなり、また結界が発動しと、目まぐるしいことこの上なかった。しかも、他国の王族がいたのにもかかわらずである。危険にさらし、なおかつアフターケアもせずに放置していたのだから、ある意味大問題だ。

だが、カルロス王子は落ち着いて座り、ひな壇の高いところからゆったりと町の様子を眺めていた。リコシェとジャスパーは、そんなカルロス王子を気にかけつつも、こちらの話もしっかりと聞いていたようだ。視線に気づいたリコシェが、先に口を開いた。

「こちらにはお気遣いなく。ラグ竜の暴走には驚きましたが、被害も軽微で、結界も無事に張り直されたとのことですし。その後の話も、申し訳ありませんが興味深く拝聴していました。何があったかはわかりませんが、さすがリーリア殿と感服いたしました」

「変わった幼児だからな。もう竜は戻ってこないとは思うが、ファーランドの皆はいったん城に戻られるか」

ヒューの言葉に、リコシェはカルロス王子に振り返り、特に反応がないのを見て肩をすくめた。

「どうやら夜の町の様子を見るのに夢中なようです。よろしければしばらくこのままでいさせてください」

竜の群れの暴走に巻き込まれかけたのだが、案外平気そうだ。カルロス王子の神経が太いことだけは間違いない。

「おーい、竜を一頭連れて来た」

アリスターの声と重なるように、痛いんだ、という声が聞こえたような気がした。私は、竜に乗ったアリスター、キャロ、クライドに囲まれるように連れてこられたラグ竜の側に近寄るため、ひな壇を降りようとしたが、兄さまに止められた。

「リア。待ってください」

「どうして？」

兄さまにもラグ竜のつらそうな声は聞こえているはずだ。

「アリスター。それは先ほど先頭を走っていたラグ竜ですよね」

「いや、先頭を走っていったラグ竜には逃げられた」

ではその竜は何なのか。それはキャロが説明してくれた。

「群れがばらけた時に、調子が悪そうに立ち止まっていたのがこの竜なんだ。それと、ほとんどの竜が鞍をつけていないのに、こいつだけ鞍をつけていたから気になってな。おとなしいから、大丈夫だと思う」

「わかりました。まず私が行きます。リアは私がいいと言ってからにしてください」

「はい」

私は素直に頷いた。

兄さまに甘えるように鼻先を押し付けたラグ竜は、ぶるっと体を震わせた。

「キーエ……」

背中が痛いんだ。

「どこが痛いんです？」

兄さまがよく聞こえなかったようで、ラグ竜に尋ねているのがちょっとおかしい。それなら私が手伝ってあげよう。

「にいさま、せなかだって」

「背中？　背中には鞍がありますが……」

ここで一緒に見ていたミルとバートが、協力して鞍を外してくれている。

「よーしよし、これを外したら楽になるだろ、な？」

ミルののんびりした調子に安心したのか、少し嫌がっていた竜もおとなしく鞍を外させてくれたようだ。その時、かさりと何かが落ちたような音がした。

「おっと、これは……」

バートも気が付いたようで、すかさず拾っている。

「これ、ウェリ栗のイガじゃねえか」

「ウェリぐり」

好物の名前に思わず反応した私である。

「リア、これは栗の外側の奴で、食べられねえ」

「しってるもん」

栗のイガくらい知っている。だが、バートが見せてくれたそれは、私が知っているものよりも硬くてイガイガしていた。

「これが鞍との間に挟まっていたのか。あーあ、まだ何本かイガが刺さってんな。抜いていいか」

「キーエ！」

お願い。

ミルの言葉にラグ竜が鳴く。

私は傷のところは見ていないが、イガを抜くときにミルの腕に力が入っていたから、だいぶ深く刺さっていたに違いない。それは苦しかっただろう。

「キーエ」

痛くなくなった。

ほっとしたようなラグ竜の声がする。

「よかったですね。でもどうしてイガが？」

「キーエ」

人が何かして、パンって鞍を叩いたら、痛くなった。

「つらかったですね。それで走り出したんですか」

「キーエ」

そう。走っても走っても痛かった。

「そうですか」

兄さまはラグ竜の頭を抱くようにして、頬をぽんぽんと優しく叩く。

「城の竜舎で手当てをお願いしてもいいですか」

怪我をしていたラグ竜は、無事に城に連れていかれた。薬をつけて一晩落ち着かせたら、草原に放されることだろう。

「考えたくはなかったが、やはり人為的なものか」

ギルバート王子の声には苦さが宿っていた。

「ですが兄上、今は虚族の時間です。犯人を追うわけにもいきません」

ヒューが悔しそうに答えている。それを聞いてバートが私を抱きあげ、懐かしそうに、そして少し悔しそうにつぶやいた。

「トレントフォースの襲撃事件の時も、そして道中の襲撃事件の時も、やっぱり夜で、相手を突き止めることはできなかったなあ」

「あんぜん、だいじ」

夜の準備をしてから犯行に及ぶ犯人と、被害を受けて、それを追う側とでは、まったく状況が違うのである。

いつのまにか私の隣に来ていたニコが、ぷにぷにとした腕を組んでバートの言葉になるほどと頷いている。

「つまり、ウェスターではほんざいがおきるのはよる。よるでもうごけるということは、はんにんはきょぞくにおそわれないよう、けっかいばこをもっているということか」

「そうだ、ニコ殿下。特にリアが連れ去られた時は、犯人は複数の結界箱を持っていた。あの時の犯人は、リアによるとイースターの第三王子だから、今思えば資金が潤沢だったんだな」

「では、こんかいはどうなのだ？」

「今回、か」

ニコの鋭い意見に、大人たちは顔を見合わせた。

「サイラスの時は、イースターが背景にあった。国が背景にあれば、それは資金が潤沢だろうな」

思わず数人がファーランド一行に目をやってしまったのは成り行き上、仕方がないだろう。

「な！　まさかファーランドを疑ってはいないでしょうね。いちおう第一王子がこの場にいて、危険だったというのに」

リコシェが慌てて否定したが、そもそも誰もカルロス王子一行を疑ってはいない。カルロス王子一行は。そして私と同じことを考えていたのか、疑いを直接口に出したのは、遠慮のないアリスターだった。

「なあカルロス殿下、あんた恨まれたり、後継者争いに巻き込まれたりしていないよな」

さっきまで町の賑わいを熱心に見ていただけのカルロス王子は、それでも話の流れはつかんでいたようだった。だが、何を聞かれているのか理解できなかったようで、答えるまでに一瞬間があった。

「ファーランドには後継者争いなどない。私がこちらに遠出できるくらい現王の治世は安定しているし、私が王位を継承することに異を唱えられたことは一度もないぞ」

「野心家の弟とか妹とか、叔父とかはいないのか」

「いない。王になるなどという面倒なことは、一番上に押し付けるに限ると皆思っているようだ」

ヒューが頷きかけて慌てて顔を動かさないようにしたのを私は見てしまったが、気がつかなかったことにする。誰もが王様になりたいわけでもないようだ。

カルロス王子は、アリスターに素直に返事をしていたが、やがて何を聞かれていたのかやっと悟ったようで目を見開いた。

「もしかして、私を狙った犯行だと？」

「その可能性もあると思ってさ」

四侯の血筋といえど、王族に対してこの物言いは本来なら不敬に当たるだろう。だが、主催者側のウェスターが、客人であるファーランド側に、お前のせいでないかとは聞きにくい。失礼な言い方をしたとしても、まだ子どもであると言い張れるアリスターはいい仕事をしたと言える。

「カルロス殿、秘書官殿も、一応心当たりがないかどうか考えておいてくれ。そしてすまないが」

ヒューが私たちのほうを見た。これには兄さまではなくギルが答えた。旅のこまごまとした責任は兄さまだが、政治向きの話は迷いなくギルに頼っているのがわかる。役割分担がしっかりしているのだ。

「ええ、私たちですね。王族に四侯、数も多いですし、心当たりは皆で出し合ってみます」

「ファーランドにしてもキングダムにしても、その可能性はほぼないとは思っているが、そうしてくれると助かる。だが、やはり犯人として有力なのは、シーベルに結界を張るということを納得できないウェスターの者だろうな」

ヒューは頭が痛いと言わんばかりだ。

「だが、結界箱の使用は民の安全のためだ。うまくいかなかった場合に、領都の民を危険にさらしかねないという以外に反対する理由はないはず。あるとすれば、ここに人が集まり発展することで損をするところ。つまり」

ヒューは具体的には何も言わなかったが、皆の頭にはケアリーという名前が浮かんだことだろう。

「だが、当の本人が巻き込まれるところにわざわざ来るだろうか。しかも、大事な跡取りを連れて」

ヒューの疑問も、同じく皆の頭に浮かんでいたことであった。

「くる」

そう言い切った私に、視線が集まった。

「だいさんおうじ、リアをさらったのに、シーベルでへいきなかおしてた」

「そうだな。まさか犯人なら、私たちの前に堂々と来たりしないだろうと、あの時は思ったのだったな」

だが、結果的に犯人は第三王子だった。

「つまり、犯人は自分ではないことをアピールするためにわざわざギリギリの時間に顔を出した可能性があるということか」

「でも、証拠がない。決めつけてもいけないでしょうね」

ギルがそうまとめた。

「ただ、闇雲に犯人を捜すのではなく、意図をもって探したほうがいい、それは確かだと思います」

結界箱の初めての発動は、民によくわかるように門の前の広場で公開された。だが、二回目以降は城の中で行われることになる。

だから、チャンスはこの一回。一番最初に評判を落とすことで、危険だという噂を流し、シーベルに人が集まらないようにする。そういう意図でこの犯行を行ったと考えるのが一番わかりやすい気がする。

「証拠がない。すぐに跡を追うわけにもいかない」

私一人がさらわれたのとはレベルが違う。たまたまバートたちが機転をきかせたから救われたが、王族や四侯に危害が及ぶかもしれなかったし、兄さまが予備の結界箱を持って来なかったら、町の人が虚族に襲われたかもしれなかったのだ。

だがそれについては後で聞いたら、大丈夫とのことらしい。結界に何かあった場合、大きな鐘の音を乱打して知らせることになっているそうだ。その場合は城も含め、大きな店、宿などが室内を解放することになっており、そこに一時的に避難することになっているという。

「訓練もしたぞ」

ヒューが鼻を高くしたのも無理はない。私はとても感心したのだった。

「とりあえず、民はそのまま結界のある夜の町を楽しんでいる。私たちも、町に繰り出そうではないか」

ギルバート王子がにっこりと笑った。

「リア、あのおんがくのところ、いきたい！」

「たべものでなくていいのか？」

ニコが大丈夫かという顔で私を見るので、思わず頬をぷうっとふくらませてしまった。そんなに食いしんぼうじゃないと言おうとしたが、その時町から肉の焼けるいい匂いがしてきたから、おなかがぐうっとなってしまった。

だが、恥ずかしくなんてない。だって幼児だもの。私は堂々と宣言した。

「たべものもいきたい」

「それでこそリアだ」

いろいろあったが、その日は音楽に合わせて皆と踊ったり、大きなお鍋で炒ったウェリ栗を食べたりと楽しく過ごすことができた。

夜に出かけるということに不安が少し残った顔の町の人もいたが、私たちが堂々と楽しんでいるところを見て、安心したようだったと聞いた。少しでも役に立ったのなら幸いである。

帰ってきてうとうとしている私とは違って、兄さまは部屋を出入りしながら、ギルと何か話し合っていた。いつもは寝るまで側にいてくれるのを寂しく思いながらも、そのくらい大変なことが起きていたのだということは理解していた私は、一人、夢の中に旅立った。

第四章

予定は変わるもの

「きょうもいいあさ！　おはよう！」

そして次の日もいつものように爽やかに目が覚めた。

「うーん、まだ夜に違いありません」

そして珍しく兄さまがまだ目を覚ましておらず、布団からは淡い金の金の髪だけが見えていた。いつもと違う、こんな楽しいことはない。私は勢いよく起き上がると自分のベッドから降りて兄さまのベッドによじ登り、お布団に半分潜り込んだ。そしてお布団の上からポンポンと兄さまを叩く。

「にいさまー、よいこねー、よいゆめをー」

どこで聞いたのかわからないが、適当に歌詞をのせて子守歌も歌う。疲れているのなら、たまには寝坊したってかまわないではないか。

それなのに、すやすや眠るどころか、兄さまのお布団はなぜだか波打っていた。そしていきなり兄さまがにょきっと布団から出てきたではないか。

「ぷはっ！」

「びっくりした！」

驚いて固まった私を、クスクス笑う兄さまがぎゅっと抱きしめた。

「リアがかわいすぎて眠れませんでしたよ」

「もうちょっと、ねたらいいとおもう」

「いえ、起きましょう。ううーん、もう少しこのままでいいか」

二人でクスクス言いながら温かいお布団にくるまっていたら、本当にもう一度寝てしまって、慌てて起きて支度したのは言うまでもない。もちろん、ナタリーが温かい濡れタオルを用意してくれていて、寝ぐせや何かはあっというまに直ってしまった。

「にいさま、ねぐせつかない。ずるい」

「お父様も髪はまっすぐですからね。リアのそのくるくるした髪はクレア母様に似たんでしょうね」

お母様の肖像画からは、寝ぐせが付きやすい髪だったかどうかはわからなかった。今度お父様に聞いてみよう。

今日は結界を張る二日目ということで、夜まで特に公式の行事はないはずだ。

寝坊したのでアリスターたちと食事は一緒に取れなかったが、昼までには戻ってくると伝言があった。ギルも先にご飯を食べていたが、私たちが食べ終わるのを、お茶を飲みながら待ってくれている。

昨日の夜は屋台でつまみ食いもしたが、胃もたれすることもなく、朝ご飯はすこぶるおいしい。もぐもぐとすべて食べ終わってお水をもらっていると、ギルがゆったりと話し始めた。

「昨日のことなんだけどさ」

「ええ。大変でしたね。リアが無事でよかったです」

「リアのこと好きすぎだろ」

セバスも大きく頷いているが、照れるのでやめてほしい。

「昨日な、大騒ぎだったからついうっかりしてたんだが」

「なんのことです？」

兄さまがやっと真面目に聞くことにしたようだ。

「アリスターも今朝反省してたけど、ルークさ、それにリアも。ラグ竜と普通に話をしていただろ」

「ええ。私はリアほどラグ竜の気持ちはわからないので、結局リアに助けてもらいましたが」

それがどうしたという顔をした兄さまは、はっとして私と目を合わせた。

「ひみつだったのに！」

「うかつでした！　ラグ竜の気持ちがわかるということは隠しておきましょうと言ったのは私だったのに」

兄さまだけでなく、お父様だってそういう方針だと思うから、自分を責めないでほしい。

「ヒューバート殿はおそらくなんとなくは悟っていたでしょうが、その他のウェスターの王族に、なんといってもあのファーランドの一行に知られてしまったかもしれないんですよね」

あのというのが引っ掛かるが、そういうことになる。

「あまりに自然で気がつかれなかったかもしれないという可能性はあるが、たぶん気がついただろうなあ」

ギルが腕を組んで天井を眺めた。

「口止め、しておくべきでしょうか」

「うーん。これはルークの父さんとちゃんと話し合って決めたほうがいいとは思うんだけどな。だが俺の意見は、口止めしなくていい、だ」

今まで私のこの力のことは秘密にしておいたのに、いいのだろうか。

「そもそも四侯は特別な存在として知られているだろ。その大きな魔力でキングダムの結界を支える者としてさ」

「はい」

「ルークに関して言えば、それにもう一つ何か能力が加わったくらいじゃ、なんの問題もない気がするんだよ。へー、やっぱり四侯ってすごいね、くらいで」

「そう、でしょうか」

四侯の次期当主である兄さまは、周りの人の目をそこまで意識しないのだと思う。むしろ客観的に見られるギルがすごいのだ。

「問題はリアだろ。けど、リアももう問題ないような気がしてさ」

「なぜですか。またリアの価値が上がってしまったら」

「それでいいんじゃないかってこと」

どういうことだろう。今まで私は、四侯の色を持つ直系の血筋というだけで利用価値があるのだから、それにさらに価値を足すようなことは内緒にしておきましょうねと言われ続けてきたのだ。

「だってさ、赤ん坊の頃の存在感のなさと比べてみろよ。今のリアときたら、キングダムの王子と手をつないで、国の代表として招かれるレベルの知名度だぜ」

ギルの言っているのは昨日のひな壇でのお披露目のことだろう。

「今や、リアは、対外的にも、押しも押されぬ四侯の一つ、オールバンスの大事なお姫様なんだよ。こっそりさらって、亡き者にされたとしても問題にならなかった二年前とは違うんだ」

私も兄さまも、戸惑いをもってギルの言葉を受け止めた。

「今のリアを害したら、四侯に、ひいてはキングダムに弓を引くことになる。そしてリアがほしければ、堂々と求婚する以外に手立てはないんだ。もう、リアの力を求めてこっそりとさらうことはないだろう」

「つまり、リア、ゆうめいじん？」

「ブッフォ」

この笑い声で食堂に護衛がいたことに初めて気がついた。ご飯に夢中で目に入っていなかったのだ。

ギルもフッと口元を緩める。

「そう。有名人になっちゃったんだよ」

「そんな。リアに求婚？　許しませんよ、兄様は。お父様だって同じです！」

「ほらな？」

やっぱりそうだろうというギルの顔がなんだか憎たらしい。

「今はもう、リアが欲しければ、オールバンスに正式に申し込むしかない。そうしてルークとルークの父さんに弾かれるってわけだよ」

「そう、ですね。つまり私たちがちゃんと守ればいいというわけですね」

兄さまの緊張が緩んだ。だがそれは一瞬だった。ギルがにやりとした。

「ああ。今のところ、候補の中で一番高貴なのが、うちのニコ殿下」

「なっ！」

「次にカルロス殿下、ヒューバート殿下ってとこか」

「ありえませんよ。四侯は独立しています。王族とは縁付きません」

私もギルの話を聞いて驚いたが、あまり気にはならなかった。ニコは単に友だちだし、他の二人はアレだ。

「リア、そのひとたちのとこ、よめにいかない。だって、ニコはともだち。カルロスでんかとヒューは、おじさんだもの。ううん、おとうと？」

「ハハハッ」

噴き出すどころではなく、大笑いしているのがうちの護衛である。そしてセバスに叱られている。

だが、ギルも耐え切れずに噴き出している。

「ハハッ。そうだよな。俺も余計なことを言って悪かった。ただ、ちゃんと昨日の問題を自覚して、考えてほしかっただけなんだ」

「驚きましたよ。でも、ギル」

「なんだ？」

「気づかせてくれて、ありがとう」

ギルは照れたように鼻の頭に手をやった。

「まあな」

私はこの兄さまと兄さまみたいな二人が大好きだなあと思うのだ。

次の日も、また夜まで用事のなかった私は、ずっとアリスターの家にいてもよかったのだが、城でニコが一人なので、ニコのために登城した。兄さまたちも本来なら用事はなかったはずなのだが、昨日の事件の後始末に呼ばれている。

後始末というより、犯人の捜査と今後の相談だ。

まずは当日その場にいた参考人の一人としてケアリー親子に事情を聞こうとしたが、既に朝早くに旅立っていたそうだ。

もちろん、後を追わせたうえで、話を聞くらしいし、ケアリーにも密かに密偵を派遣する。

シーベルの周辺のラグ竜の群れにも調査隊を出す。

本来、安全に結界を張ることだけに全力を注ぎたいだろうに、犯人は面倒くさいことをしてくれたものだ。

「そのようにギルバートどのとヒューバートどのがはなしていたな」

「なるほど」

私とニコにはそんな調査は関係ないので、子ども部屋で木のラグ竜を交代で揺らしながら、そんな話をしていた。

「殿下、そんな話をいったいどこで聞いてきたんですかい？」

ハンスが興味津々だ。

「なに、リアが来るまでたいくつだから、そのあいだいっしょにいさせてほしいと、ギルバートどのにおねがいしておいたのだ。もっとも、まさかちょうしょくのまえからいっしょだとは思わなかったようだがな」

「はやおきしたの？」

「そうだ。はやおきして、へやまでとつげきした」

「リア、ねぼうしたのに、ニコすごい」

ハンスがあーという顔をした。

「このお子様たちの前で、うかつな話はしてはならんということを、ウェスターの方たちは知らねえからなあ」

「まったくです」

「あんたらはまず殿下が朝から突撃なんて無茶をするのを止めろ。そこからだろ」

ハンスのぼやきにうっかり返事をしたニコの護衛が叱られているが、その通りである。

私はそんな護衛たちは放っておいて、ニコにさりげなく尋ねた。

「ニコ、なにかしたいことない？」

「したいこと？　なにをしてあそぶかということか？」

「ううん。そうじゃなくて」

私もニコも、招かれてウェスターに来ている。式典にも参加したし、招待客としてすべきことは全部済ませた。

だが、前半はカルロス王子のわがままに巻き込まれて、私もニコもおとなしくしていたし、ウェスターでも王族と四侯の愛らしい姿を見せるという役割もきちんと果たした。

逆にお利口にする以外、なにもしていないとも言える。私はともかく、ニコの初めての外遊がこれでいいのだろうかと疑問に思ったのだ。

「こうむ、ぜんぶおわったから、なにかウェスターで、したいことはないかなっておもったの」

「うむ。じつはある」

ニコは竜を前後に揺らしながらもっともらしく頷いた。

ほらね、やっぱり。

「あー、リア様。ちょっと待ってほしい」

「ハンス、しずかに」

ハンスがすかさず言わせないようにと牽制してくるが、私たちはお利口にしていたのだから、少しはご褒美をもらってもいいはずだ。旅をしてきたことそのものがご褒美でしょうとか、昨日、夜に町で踊ったり屋台で食べたりしたでしょうという心の声には耳を塞ぐ。

「わたしは、せっかくウェスターに来たのだから、ちゃんときょぞくが見たい」

「口に出させちゃったじゃねえか」

嘆くハンスである。

だが、確かに、キングダムと辺境の違いは虚族がいるかどうかだ。ウェスターに来たからには、虚族が見たいというのは当然のことだろう。でも、私はちょっと疑問に思う。

「ニコ、きょぞく、みたことあるはず」

これだ。

「ああ。リアとともに、れんごくとうでな。だが、かずは少なかったし、あのときよりもわたしも大きくなったからな。こころもたえられるのではないかとおもうのだ」

魚の虚族をつかもうとしたニコ。それを助けたのは私とハンス。あの時、何よりニコの幼い心の心配をしたのは私だが、それからニコが成長したのを知っているのも、私である。私は振り返って、壁際に控えていたハンスを見た。

「賛成はしねえ。だが、ルーク様がいいと言うならいい。俺はいつでもリア様は守る」

守る中にニコが入らないのがハンスである。私はうんと頷いた。

「にいさまにそうだんする」

「わたしからもたのんでみることにする」

「木の竜を揺り動かし、絵本を読んでるこのお子たちが、こんな不穏な相談をしているなんて誰も思わねえだろうなあ……」

ハンスの嘆きはともかく、私とニコはお昼ご飯の時に兄さまにしっかりとお願いしたのだった。考えておきますと言われたから、きっと許可が出るだろう。ただし、兄さまが以前、おじいさまの北の領地で経験したように、キングダムに入ってから安全な場所でウェスター側を見ましょうと言われたので、おとなしく待つことにする。

ほくほくしている私たちに、もう一つ朗報があった。

一日目の夜を経験したのだから、二日目の夜は行かなくていいのではないかということになり、その分、昼のシーベルの町に出かけていいことになった。もちろん夜の屋台は楽しいが、やはり幼児には刺激が強すぎて、今日のように寝坊する羽目になる。昼の明るい中で、ゆっくりと店を回るほうが好みである。

「リアとニコラス殿が町に出歩くと聞いてな」

ただしファーランド一行も一緒である。

「本日は私も付き添いでございます。さあ、ドレスやアクセサリーのお店もありますのよ」

そしてドリーも一緒である。

「私はカルロス殿下の付き添いよ」

さらにジャコモも一緒である。私はふと気になって聞いてみた。

「ジャコモのお店は？」

あれだけ自分の服を押し付ける癖に、商品を見せてくれたことがない。

「ジャコモの品は、完全に注文販売ですので、お店はありませんよ」

ドリーの言葉に、私はぽかんと口を開けた。それに、私は一切注文した覚えはない。

「どうして？」

ドリーはまるで幼児に言い聞かせるように、優しい口調だ。まあ、私は幼児なのだが。

「あら、賢いリーリア様でもそんな質問をなさいますのね。いいですか、ジャコモの服を買えるのは貴族だけ。貴族は店で服を買ったりしないものです」

「そうよ。私に服をデザインしてほしいお客様はね、私の屋敷に直接来るの。そしてそこで採寸したり、デザインを相談したりするのよ」

ふふんと自慢そうなジャコモだが、私はキングダムではどうなのかと思い、ナタリーのほうを振り返った。

「王都でも、人気のデザイナーは特別なサロンのような場所を持っていますよ。町の人が気軽に入れるようなお店はありません」

「そうなの」

「ええ。もちろん、リーリア様には専属の衣装部がありますので、必要ございませんが」

ふふん具合ではジャコモに勝るとも劣らないナタリーである。

「りゅうこう、どうするの？」

「まあ、リーリア様。流行などという言葉を知っていて偉いわあ。でもね、覚えておいてね」

ジャコモは人差し指をピッと上に向けた。

「うぜえ」

「ハンス、伯爵家ですよ。控えなさい」

「わかったよ」

ハンスとナタリーがこそこそ会話しているが、私もハンスに一票入れたい気持ちだ。

「流行は、私が作るもの、なのよ」

「素晴らしいな、その考え方は」

「ありがとうございます」

どうやらカルロス王子とは意見が合うようだが、私はイラっとした。

「だから、ジャコモのふく、きごこちがわるいんだとおもう」

「まあ」

失礼な言い草だとは私も思う。だが、ジャコモの服はいつもどこか華美で着心地が悪い。

私はジャコモに手を差し出した。

「ジャコモ、てを」

「え、ええ」

そのまま私はジャコモの手を引いて町を歩きだした。私と手をつなぐと、背の高いジャコモは少しかがまなければいけないが、仕方がない。

「みて。あのこ、スカートがリアみたいにみじかくて、うごきやすい」

スカートが長い子もいるが、短い子は下にズボンをはいており格段に動きやすそうだ。

「あっち」

今度は違うところを指さした。

「あのいろ。あんまりみたことないけど、かわったピンクいろで、きれい」

「あれは色を重ねると鮮やかな赤になるのよ。でも、一度や二度染めだとあの淡い色にしかならないの。安いので、庶民がよく使う色よ」

「でもかわいい。うえにこいいろをあわせたら、すてき。リアのすきないろ」

「それは確かに……」

デザイナーがどんな発想で、美しいデザインを生み出すのか私にはわからない。でも、人を見ずに屋敷にこもって考え出した流行なんて、あまり意味がないような気がする。

「リア様のお好きな色。買って帰らないと」

そしてナタリーの目が光っているのがちょっと怖い。

「ふくは、ひとがきるもの」

私は賑やかに行きかい、私たちを見て笑顔を浮かべるシーベルの町の人も好きだ。

「うごきやすくて、かわいいものがいい。ひとをみずに、なにがわかる？」

「リーリア殿……」

「みせは、なくてもいい。でも、もっとまちにでるといい、ジャコモ」

店があったら流行も人々の求めている物もつかみやすいと思う。

「ひとは、きぞくだけじゃないから」

私はつないだ手を一瞬ギュッと握ってから離した。

「そして、きぞくだって、うごきやすいふくがすき」

返事は、聞かなくていい。

私はすぐにニコのほうを向いた。

「ニコ、おかあさま、おとうさまに、おみやげかおう」

「母上にか。なにをよろこぶだろう」

父上には買わないのかと言いたいが、ニコが困ったような楽しそうな顔をしているので、私はドリーに聞いてみた。

「おかあさまがよろこぶもの、どれ？　リア、しらないから」

「まあ」

その瞬間、私に母親がいないということを思い出した面々が悲しそうな顔をする。つい余計なことまで言ってしまった。

「リアはおとうさまのぶんを、かう」

これで雰囲気が和んでよかった。ドリーが私の質問を一生懸命考えているが、予想外の方向で答えをくれた。

「ニコラス殿下のお母様といったら、キングダムの王太子妃ではありませんか。それなら特別な工房にご案内しないと」

焦るドリーに、ニコがポケットからごそごそと何かを出した。

「父上からこづかいをもらっている。これでかえるものがいい」

「金貨一枚、ですか」

ランおじさまらしい、面倒くさがりのお小遣いである。悩むドリーに私は提案してみた。

「しょみんのもの、かわいいもの、シーベルらしいものがいいとおもう」

どうせウェスターから、高価な土産は持たされるのだ。私たちは自分で選んだお土産を買えばいい。それに、王妃ならそもそも持っているものは最高級品だろうから、珍しい、庶民ののものほうが喜ばれる気がする。

「まいにちつかえるもの。ハンカチ、カップ、せっけん」

私は思いつくままに上げていった。ニコが情報を付け足す。

「母上はいいにおいのものがすきだ」

「こうすい、ハーブ、くだもの、ほしたくだもの、クッキー」

「どんどんたべものになっていくぞ」

三歳児のお腹は正直なのである。

「そうですね。クレスト産のレースを使ったハンカチなどは、高価ですが庶民にも手が届きますし、ユーリアス山脈に生える香草はさわやかな香りで、布に包んで枕の下に入れる人もいますから、それらなどどうでしょう。金貨一枚でもずいぶんお釣りがきますよ」

「おお、それならあまったぶんで父上とおじ上にも、なにかかえるな」

余ったら買うのでいいんだ、と誰もが思ったことだろう。

私たちは店に案内してもらいながら慎重にハンカチを吟味し、ハーブの匂いを嗅いでくしゃみをしたりしながら、町歩きを楽しんだ。

ちなみに安眠のハーブはお父様にも買った。それと、かっこいいラグ竜のバックルの付いているベルトもだ。

「ううーん。ランバート殿下とお父様がお揃いになってしまいます。無理では？」

と兄さまが言っていたのはなぜかはわからないが、こっそり兄さまの分も買っておいたので、兄さまもお揃いできっと喜ぶことだろう。それと、兄さまに頼んで、屋敷のメイド用にもハンカチを買っておいてもらうことにした。王妃様とお揃いになるかもしれないが、お互い顔を合わせることもないのだからかまわないだろう。

よく考えたら、屋台以外のところで自分で何かを選んだことはないので、とても楽しく過ごすことができた。

その日の夕方から夜は、アリスターのお屋敷でニコと一緒に結界が張られる気配を感じながら過ごした。アリスターやバートたちは警備のため、夜遅くまで頑張るようだったし、兄さまもギルも、ウェスターの王族の人たちと行動を共にしている。

「ウェスターの地にてキングダムの王子殿下と相まみえるとは……」

とセバスが感動しているが、あんまり当たり前に一緒にいすぎて、ついニコの価値を忘れてしまう私である。

「きょぞくをみるきょかがでるといいな」

「そうね」

そんな私たちの会話を聞いたセバスはがっくりとうなだれ、

「さすがリア様のお仲間でございます。キングダムの未来は明るい気がいたします」

とつぶやいていた。もちろん、明るいに決まっている。

だが、次の日にはのんきに虚族を見たいと言っている場合ではなくなっていた。

「トレントフォース経由で帰りたい？　カルロス、お前、正気か？」

「もちろんだとも」

これである。

「警備の手間がどれだけかかると思う。しかも、トレントフォースに向かうまで、うちの領地を横断することになるんだぞ。他国の王族にそうそう見せられるものかよ」

カルロス王子があんまりなことを言うものだから、ヒューの口調が乱暴になってしまっているではないか。それも面白いが。

「なぜだ。ヒューバート殿がうちに来たら、私が隅から隅まで案内するが」

「ファーランドの国元の苦労がしのばれる」

ヒューが両目を隠すように手を当てて天を仰いでいる。ファーランド一行が行きと同じ経路で戻るなら、すぐそこの国境まで見送っておしまいだ。

だが、トレントフォース経由となると、ヒューの言う通り文字通り国を横断することになる。あちこちの町に寄り、時には野営もし、それを他国の王族を連れ、もしかしているかもしれない盗賊や虚族から守りながら進む。

私たちが襲われた、あの狭い道も通ることになるのだ。

「いいか、カルロス」

おや、とうとう完全に殿が取れてしまったぞと私は目をきらめかせた。

「ウェスターとファーランドは、キングダムを間に挟むためほとんど交流がない。それどころか、お互い魔石やラグ竜、それに農産物などをキングダムとやり取りする、いわばライバルでもあるんだぞ。その内情を軽々に明らかにすると思うか」

イライラと理を説くヒューだが、私はおかしいなと思い始めた。

だって、駄目だと一言言えばいいだけのことではないか。

「しかも、シーベルは結界を張り始めたばかり。ラグ竜に邪魔されるという事件はあったとはいえ、それでも大成功だった。だが、まだ最初の一回目だ。これを週末ごとにやるとなれば、これからどれだけ手間がかかるかわかるか」

ヒューがこんなにしゃべっているのは初めて見たかもしれない。

「それに、そのラグ竜の事件もある。捜査するのにどれだけ人手があっても足りぬのだ」

ここまで一気に話すと、ふうっと大きく息を吐いて、カルロス王子の肩にポンと手をのせた。

「カルロス、気持ちはわかる。一度国に帰ったら、こんな機会は二度とないかもしれないからな」

その寂しそうな声に、私は面白がって話を聞いていた気持ちがシュンと消え去ったのを感じた。

初めて会った時から、シーベルに連れてこられるまでの間ずっと、ヒューは第二王子としての責務を重く受け止めていた。だからアリスターにも、ウェスターの住人としての責務を求めたのだ。

そして今も第二王子として、王様と第一王子の手足となり、たった今吐き出した分の責務を背負い、頑張っている。

本当はもっと自由にいろいろなことがしたかったのではないか。イースターの件があったとはいえ、キングダムに行ったことをきっかけに、もっとあちこち行きたい気持ちになっているのを我慢しているのではないのか。

ニコもギルも兄さまも、キングダムを出てはいけないという不文律に縛られている。私がさらわれたことをきっかけに、こうしてウェスターに来るようになったけれども、王族も四侯もとても不自由である。

だが、それはキングダムだけでなく。ウェスターでもファーランドの王族も同じこと。むしろ、二つの国は間にキングダムがあることで、いっそう国の外に出にくくなっていたのかもしれない。

「その通りだ、ヒューバート殿。いや、リアと同じように、ヒューと呼んでもいいか」

なぜそこで私の名前を利用するのだ。

「かまわない。やはりそうだったか」

ほぼ同じ年の王子二人。割と気安い態度を取っていると思っていたが、気が合うのだろう。同じ年といえば、アルバート王子もそうなので、三人いたら、さぞかし気が合ったことだろうと思う。

いや、面倒な人が一人増えるだけかもしれない。

「私がわがままを言っているのはわかっている。私になにかあった時に、ウェスターに迷惑がかかることも。だが、これは単なるわがままではない」

なぜそこで私のほうをすまなそうな顔で見るのか。

「おそらく、これから先ウェスターに来ることは二度とないだろう。シーベルまで行ったのだと、それだけで満足すべきなのかもしれない。だが、私はキングダムの領内を通ってきて、やはりファーランドとは違うことに感銘を受けた」

感銘を受けているようには見えなかった。むしろ退屈そうにしていたように思う私である。

「ファーランドと同じように虚族のいる国、ウェスターはいったいどうなのか。この機会に、少しでも見聞を広げたい」

とてもまともなことを言っているが、大丈夫なのか。私はリコシェのほうに目をやった。いつもはうちの王子が申し訳ないという顔をしているリコシェが、なんと、平然としているではないか。つまり、リコシェの説得は済んでいるということだ。

ではジャスパーはどうか。

真面目な顔だが、ほんの少し微笑みが浮かんでいる。ということは、ジャスパーにも、カルロス王子のわがままに付き合う覚悟ができているということなのだろう。

「勿論、本国には急ぎ使者を出し、許可を取ったうえで警護のものを派遣してもらおうと思う。なるべくウェスターには迷惑をかけないようにする」

なるべく迷惑をかけないようにするなどという殊勝な言葉を聞けるとは思わなかった私は驚いたが、この場を収めたのはギルだった。

「カルロス殿下、ヒューバート殿下、話が話だけに、この場で決められるものではありません。少なくとも、陛下と王太子殿下に相談すべきかと」

私たちキングダム側は、行きはファーランドと一緒だったが、そもそも帰りは別々である。ファーランド側がそうしたいのであれば、後はウェスター側と相談してくれればいいという立場であった。そのキングダム側のギルの冷静な一言で、この案件は断るにしても一旦は持ち帰りということになった。

一方、このところ姿を見ないユベールは、城の結界箱の調整を続けている。ラグ竜に跳ね飛ばされた結界箱も、箱のゆがみさえ調整すれば問題ないとのことだが、もう数日時間がほしいとのことだった。

その間私とニコは、兄さまたちが結界箱の調整をするといえば日中はそれに付き合い、夜の調整ではお留守番と、王都にいるよりは活発に過ごすことになる。

そういうわけで、カルロス王子の思いがけない話を聞いた日は、昼は結界箱の実験にユーリアス山脈のふもとで草原を走り回り、夜はニコも連れて、キングダム側としてアリスターの屋敷に全員集まっていた。ニコが泊まりに来ている分、外の警備はかなり厳重である。

「カルロス殿下がとんでもないことを言い出しましたが、ここで確実に別れられると思うと本当に助かります。帰りも一緒にと言われたらどうしようかと思いました」

「ゴホンゴホン」

兄さまの正直な気持ちを聞いて私はもっともだと思ったが、なぜかギルが焦ったように咳きこんでいる。

「私たちは、ユベールの調整が済んだらすぐに戻りましょう」

「それなんだがな」

ギルと兄さま、それにバートたち四人は、貴族の屋敷らしく広い居間のソファーセットに座ってのんびりと話している。

私とニコはというと、絨毯の上に直接座りながら、積み木を持ち込んでアリスターと一緒に町を作っているところだ。もちろん、耳だけは兄さまたちのほうを向いている。

「アリスター、つみきいっぱいある」

私が城ではなく町を作っていると言ったのは嘘ではない。

「そうだろ。最初はトレントフォースから持ってきた積み木だけだったんだけど、ほら、こっち。色がついてるだろ」

「かわいい」

「ワクワクするな」

「これは俺が作った」

アリスターが得意そうに腕を組んだ。

「それからこっち」

次にアリスターが指したのは、色を塗っていないのに、さまざまな色合いがある積み木だ。

「これは、木の種類を変えて作ったやつだ。端材、つまり、使わない木をもらってきて、形を揃えて磨いたもの」

「いろんないろがある」

濃い色、明るい色。

「あと、きのいいにおいがする」

「さすがリア。いろいろ試してたら、こんなにたくさんになったんだ」

アリスターはトレントフォースにいた時から木工が好きだった。

「ちょっと待ってて」

一人立ち上がって部屋から出ると、大きな箱を抱えてよろよろと戻ってきた。

「おもそう」

「重いぞ。ほら」

慎重に下ろした箱の中には、大きい箱から小さい箱まで、それこそアリスターの持っている結界箱のような木箱がいくつも入っていた。

「ほら、これを見て」

アリスターが出してきた箱には、つたや花の模様が一面に彫られている。

「きれい」

「こっちも」

ニコに手渡したほうには、簡略化したラグ竜の意匠が彫られていた。

「かっこいいぞ！」

「だろ？」

ニコの賛辞にアリスターは嬉しそうに笑った。

「そして、これ」

底のほうから引っ張り出してきた小さな箱には、横を一周するように栗の模様が彫られていた。

「てっぺんには、栗が二つ」

「ウェリぐりだ！　くりのこうしん！」

私は思わず立ち上がると、私の両手におさまるくらいのその小さな箱を頭の上に持ち上げ、くるくると回った。

「かわいい！」

「それ、リアにやるよ」

「ほんと？」

それを聞いて、ニコが手に持ったラグ竜の模様の箱をじっと眺める。

「ニコ殿下には、それをやる」

「いいのか？」

ニコの顔がぱあっと明るくなった。

「中くらいのはこ！」

「ちいさいはこ！」

私とニコは箱を掲げて、部屋の中を走り回った。誰かの手作りの箱なんてそれだけでも素敵なのに、大好きなアリスターの作った箱だ。しかも好物の栗の絵が彫られている。

「俺、魔道具の中身にも興味はあるんだけど、外側の箱も大事だと思うんだよ。きれいな装飾もいいけど、いろんな色や模様の、楽しい箱があってもいいと思うんだ」

アリスターも箱を一つ、手に取って、その模様を指でなぞっている。

「いつかリアの作った魔道具を納める箱を作りたいなあ」

「リア、まどうぐつくる！」

私は箱を持ったままぴょんぴょんと跳ねた。

「じゃあ、大きくなったら俺と店を出そうぜ」

「うん！　だす」

「まどうぐなら、わたしもつくっているぞ？」

ニコが腕を組んで胸を張っている。

「ニコ殿下は、そもそも仕事が王様業だからなあ」

王様業なんて、まるでミルが言いそうな言葉だ。

「副業で、こっそりやろうぜ」

「ふくぎょうがなにかはわからぬが、こっそりやるのはたのしそうだな」

「だな」

アリスターは嬉しそうに笑った。

「リアとニコ殿下と、俺の店だ。魔石を取ってくるのも魔石の充填も、俺がやれば元手はかからないしな」

ワイワイしていたら、ソファーにいた兄さまがちょっと悔しそうだ。私たちが兄さまたちの話に耳を傾けていたように、兄さまたちも私たちを気にかけていたようだ。

「それなら私が出資します。販路も確保しますよ」

「オールバンスの後ろ盾があったら、成功間違いなしだな」

ハハハッと笑うアリスターは、自分の四侯の血筋を憎んでいたころの面影はない。そんなアリスターを見て、ギルがあきれたように肩をすくめた。

「お前はリスバーンだぞ。まずリスバーンが出資するに決まってるだろ」

「じゃあ、俺は木工の腕をもっと磨かないとな」

笑ったアリスターが、なんだか泣きそうに見えたのは私の見間違いだと思う。

「さあ、アリスター。まちを作るのだ」

ニコが積み木に誘ったので、私たちはまた絨毯に戻ってせっせと積み木を積み上げ始めたのだった。

「リアたちがかわいすぎて、話どころではありませんでしたね」

「ああ、でもちょっとこっちにも集中しようか」

兄さまとギルが話し始めたのを聞きながらも、私は色の付いた積み木を選んで並べ始めた。

「俺たちが聞いていてもいいのか？」

「あんたたちはアリスターの身内のようなものだからな。俺にとってもそうだ」

「お、おう」

ギルの答えに、バートが照れくさそうに腕を組んでソファに寄りかかった。本当は身内も何も、四侯として、そして王族のニコを預かっている身としては、聞かせるべきではないのだろうだが、私は幼児なので関係ない。

「それでだな、ルーク。せっかくほのぼのとしているところ、あれなんだが」

「なんでしょう」

兄さまの声に警戒が混じった。

「俺たちもさ、付いていていかないか。カルロス殿下に」

「えっ」

兄さまだけではない。その衝撃的な言葉に、私たちまで思わず積み木の手を止めて、ギルのほうに目をやってしまった。

「さすがにトレントフォースまでは無理だ。だが、せめて途中まで、例えばケアリーあたりを通って帰ってくるのはどうだ？」

「そんな。旅程の大幅な変更が求められます。それになにより、ニコ殿下をそんな予定外の場所へお連れすることはできません」

兄さまはすかさず拒否の構えだ。

「それに、私たちだって同じです。成人していないという理由でキングダムの外に出ることができていますが、それも監理局に旅程を提出し、その許可を得てのことです。勝手に旅程を変更したとなれば、どれだけうるさいことか」

「そうだな」

ギルだってそのことはわかっているのだろう。

「それに、ケアリーは今回の事件の犯人かもしれないのです。そんな危ないところにリアを連れて行くなんて。それに、それに……」

兄さまはさらに行くべきでない理由を積み上げていくが、その声は次第に小さくなった。

「リアだってニコ殿下だって、幼すぎて本当は長期の旅行になど連れて行くべきではないのです」

「あんなに元気だぞ？」

積み木を持ったまま自分たちのほうを見ている私たちに、ちらりと視線を寄越した兄さまだが、目を合わせようとはしなかった。

ギルの提案も思いもよらないものではあったが、それを聞いた兄さまは、本当は行きたいのだ。

だが、いろいろなことに配慮できる兄さまは、カルロス王子のように素直に行きたいとは言えない。

なにより、私の命を案じて過ごした年月が、幼い者を危険にさらす可能性があることはすべきではないと、強く兄さまを引き留めているのだろう。

私も何か言ってあげるべきだろうか。手に持った積み木を胸に当てて悩む。だが、その必要はなかった。

「ルーク。いいか。俺が理由をくれてやる」

ギルがきっぱりと言い切った。兄さまはうつむいていた顔を上げた。

「一つ、俺たちがケアリーに一緒に行くことでカルロス殿下の希望が通りやすくなる」

あいつの希望が通るのは嫌だ、という顔をしたので笑い出しそうになる私である。

「二つ、俺たちのケアリー訪問により、町長に隙ができる。俺たちに付き添うという名目で、ウェスター側がケアリーで堂々と調査ができる」

兄さまの顔が少し明るくなった。

「三つ、ずっと来てほしいと言われていたブラックリー伯の領地に訪れる口実ができ、恩を着せられる」

「でも、いちいち伯爵たちの意見を聞いていたら、どの領地にも一度は平等に顔を出さねばならなくなります」

「それのなにが悪い？　むしろ俺たちが王都を出られる理由が増えるだけだ」

私も心の中でポンと手を打った。確かにそうである。

「ですが、どの理由も、リアとニコ殿下の安全については保証されません」

兄さまもなかなかしぶといな、説得されればいいのに、と思うくらいには、私もケアリーに行きたくなってきているようだ。

「ルーク。王都の城のど真ん中にいたって安全じゃなかったじゃないか」

ギルの言葉は、私たちの心に重く響いた。

「もちろん、安全は確保するよう考えよう。けど、多すぎる護衛はいざというときの機動力に欠けるし、かえって目立つ。なあルーク。やらない理由なんていくつも見つかるし、やらないほうが楽なのは確かだ」

シーベルまで来られただけでも幸いだったと、よい思い出にして帰るのが一番いい。

「だが、成人したカルロス殿下だって、やりたいという気持ちひとつで勝手なことをする。俺たちはもっとずっと年下なんだから、わがままと言われようが、好きなことをやってもいいんじゃないか。そんなことができるのは、父たち四侯の現当主が、キングダムを盤石に守っている間だぞ」

それはつまり、お父様たちがメインで魔石に魔力を注いでくれている間ということである。

「わたしは、行けるなら行ってみたい」

ニコがそう言うなら、私も乗っかろう。

「リアもいきたい」

「そうだよな。殿下とリアなら、そう言うと思った。それに、今まで黙っててくれてありがとうな」

ニコだって私だって、やりたいことをうかつに口に出してはいけない立場だということは理解している賢い幼児なのである。それをわかってくれているギルもすごいと思う。

「そしたら、途中で虚族が見放題だろ。ニコ殿下の希望も叶う。ほら、四つ目の理由もできた」

ギルがにっこりと笑った。

そして兄さまが何か言おうとした瞬間、今まで黙って聞いていたバートが片手を上げてそれを止めた。

「じゃあ、五つ目の理由は俺が作るよ」

今度はバートに視線が集まった。

「俺たちも付いていくつもりだ」

アリスターがはっと顔を上げたので、バートは焦って言い直した。

「すまん、俺が勝手に考えていたことで、まだミルたちにも相談してなかったんだが。もちろん、アリスターにもな」

「ほんとだよ。あー、びっくりした」

ミルが隣でニヤニヤと突っ込んでいる。予想はついていたということなのかもしれない。

「もともとケアリーには、この間の事件の調査に行こうという話にはなっていたんだ。その」

バートは私のほうを向いた。

「こないだキングダムに行ったあたりから、俺たちはヒューの親衛隊、つまりヒューの頼みを臨機応変に請け負うみたいな仕事をしているんだ。もちろん本業はハンターだけど、夜、自由に動くことができる俺たちはけっこう重宝がられてる」

もともとバートたちは、ハンターができなくなったらそれぞれ魔道具の仕事や大工、それに調理の仕事などをして生計を立てるつもりだとは知っていた。つまり、ハンターは生業ではあり真面目にやってはいるが、それにこだわっているというわけではないということだ。他に興味のある仕事があれば、それをやることにためらいはないのだろう。

私はアリスターを見た。アリスターもハンターをやることにこだわっていたように思う。

「俺も同じ。俺のことは、シーベルの、王族の目の届くところに確保できていればいいんだってさ。木工をやったり、ハンターをやったりもするけど、ヒューに付いてあちこち行くことも多いんだ」

アリスターが納得しているのなら、それでかまわない。

バートがほっとしたように頷いて、話を続けた。

「今回もし、カルロス殿下がトレントフォースに行くとなれば、ウェスターの国境を出るまで、あるいはファーランドの領都までは護衛として付いて行こうかと思っているんだ」

「そんな壮大な計画を立てていたとは知らなかったぜえ」

ミルが今度は本当に驚いたという顔をした。キャロもクライドも同じだ。

「すまん。もしそうなったらさ」

「もちろん、行く」

すかさず答えたのはクライドで、キャロもミルも頷いている。

「アリスター」

「もちろんだ。トレントフォースに寄れるなら、言うことないし」

積み木を積んで私たちと遊んでくれていても、しっかりとした声で答えたアリスターは、責任感のある大人という感じでかっこよかった。

「これでは私だけがわがままを言っている子どもみたいではありませんか。本当は私の言っていることが一番正しい、大人の対応だというのに」

兄さまがぶつぶつと文句を言っているが、その顔は明るい。何かを吹っ切ったようだ。

「じゃあ、聞くぞ」

ギルが兄さまのほうに体を向けた。

「ルーク、カルロス殿下に付いていって、ケアリー経由で帰らないか」

「そうしたいです」

「よし!」

ギルは両手を胸の前でぐっと握った。

「細かいことは後で考える。ケアリー行き、決定だ」

ハンスが、さすがリアさまのお仲間だという顔をしてギルを見ているような気がする。

もともとは、ニコと一緒のシーベルまでの旅だったはずだった。

「明日の朝、城に連絡を取るよ。俺たちの希望も一緒に聞いておいてもらおう」

結果がどうなるかわからないけれど、もしかしたら長い旅になるかもしれない。

お父様が嘆くだろうけれど、もう少し旅を楽しもうと思う私だった。


いったんは持ち帰り、王様と第一王子に検討してもらって、性急なようだが次の日、つまり今日の午前中に結果を出してもらうことになっていたカルロス王子の案件は、午後に延期された。

なぜかというと、私たちキングダムが余計な案件を放り込んだからだ。

ファーランド側のわがままを聞くだけでもてんやわんやなのに、大変申し訳ないことである。

そもそもカルロス王子の件だけでも通らない可能性が高いので、どのような回答がなされるのか、私たちの午前中はファーランドの一行も私たち一行も、そわそわして過ごしていたと思う。

そして昼食の後、私たちは昨日と同じ部屋に集められた。

ヒューと一緒に、こういう時いつも身軽にやってくるギルバート王子もいる。

ということは、話は通り、いいにしろ悪いにしろ結果は出たのだろう。

まるで何かの沙汰を待つかのように神妙な私たちを見渡して、ギルバート王子はフッと笑みをこぼした。

「カルロス殿、トレントフォース回りでファーランドに戻りたいという希望だったな」

「はい。難しいことだとはわかっていますが、ぜひお願いしたく」

「きのう弟から聞いてひっくり返りそうになったぞ。ハハハ」

笑い事ではないのだが、豪快に笑ったギルバート王子はそのまま私たちのほうに目をやった。

「いちおう昨日結論は出たのだが、今朝になって、リスバーン殿から、キングダム一行もケアリー経由で帰りたいと新たに要望が出たのでな。また検討し直すことになり、時間がかかってしまったというわけだ」

「キングダムの一行。ニコラス殿とリアがいるのにですか」

カルロス王子がそう反応した後、うかがうように見たのはなぜか兄さまだったが、兄さまはまったく反応を返さなかった。

カルロス王子は、真面目なオールバンスが計画の変更を許すのかと言いたいのだろう。だが、兄さまは答える義務はないという態度だ。

カルロス王子はその次に私に目を移した。

私もつーんとおすましである。

だが、ファーランド側のジャスパーの目が面白がってきらめいていたので、ジャスパーにだけこっそりニコリとして見せた。

「昨日ヒューバートが説明したように、現在さまざまな事情があって、人手が足りぬ状況なので、正直なところ少し困る案件だった」

困ったということは、駄目なのだろう。覚悟していたので、がっかりした顔はしない。

「だが」

その言葉にピクリと体が跳ねそうになったが、我慢である。しかし、カルロス王子は素直に期待を目に浮かべていた。

「無茶できるのは若いうちだしな。私ももっと自由に動けばよかったと後悔している」

早く肝心な話をと心が急く。

「まずカルロス殿。条件を二つ飲めば、そなたの要望を認めよう」

カルロス王子の喉がごくりと動いた。

「なんでしょうか。私がかなえられることなら、なんなりと」

「うむ。それでは、一つ目。ファーランドの領都まで、ヒューバートを同行させてほしい」

これは意外だった。どんなに行きたくても、ヒューは責務があればそれを我慢する人だからだ。

皆そう思ったようで、戸惑いの空気が流れている。

だが、いい手でもあると私は感心した。ウェスターを案内する代わりに、ファーランドも見せてもらうという、等価交換である。

「リアよ、ヒューがそんなことを言うなんて意外だという顔をしているな」

私を口実に解説するのは止めてもらいたいのだが。

「その通り、これはヒューバートが自分から言い出したことではない。だが、同じ年頃の王子が経験を積もうとしているのを、横目で見ているだけなど、我慢できることではあるまいよ」

その通りも何も私は何も答えてはいないのだが、ギルバート王子は自分で答えを用意していて、優しい顔で笑った。

「オールバンスとリスバーンのおかげで、結界箱の運用は余裕をもってできるようになった。それなら、第二王子を一時手元から羽ばたかせ、経験を積んでもらうのもウェスターにとって悪いことではあるまい」

そしてヒューのほうに目を向けた。

「私の代わりに、見聞を深めてきておくれ」

「カルロス殿が受け入れてくださるならば、もちろん」

かっこいい返事である。そして確かにまだ受け入れるかの答えは聞いていない。

「一つ目の条件、しかと受け入れます」

こちらもかっこいい返事が来た。もともと昨日も、ヒューが来たらファーランドを隅から隅まで案内すると言っていたのだ。ファーランド本国の人たちがどう思うかわからないが、カルロス王子が先にわがままを通したのだから、文句は言えないだろうなと思う。

「感謝する、カルロス」

「こちらこそだ。楽しみだな、ヒューよ」

ここに仲良し王子が誕生したと、私は微笑ましく見守った。

「うむ。それでは二つ目の条件だが」

再び緊張した雰囲気が戻ってきた。

「シーベルから西回りにウェスターを見て回ろうとすると、どうしても海岸寄りを回ることになる。以前、アリスターとリアがトレントフォースからやって来た道を逆に辿るということだな」

私と、それから端っこに控えていたアリスターは大きく頷いた。

「さかな、かいも、おいしかった」

そしてわたしは、思わず海の町の感想を述べてしまった。

「その通りだったな。リアは幼い頃のことを本当によく覚えている」

私は懐かしそうなヒューにふふんと胸を張った。

「そして、そこでケアリーの町長の息子を助けたのだったな」

「そう。うみには、さかなのきょぞく、いた」

そんな経験も懐かしい。

微笑ましそうに頷きながらも、ギルバート王子はカルロス王子に条件を伝えた。

「だが、今回は海を目指さず、ケアリー経由で進んでほしい。もちろん、キングダム一行を連れてだ」

これで私たちの希望もすんなりと通ったことになる。

ファーランドとキングダムの一行がそれぞれウェスターを旅したいという難しい案件が、第二王子のヒューが入っただけでとても簡単に思えてくるから不思議だ。

「そして、ケアリーではさんざんわがままをしてきてほしい。少し困らせるくらいでいい。その間に、手の者がケアリーの様子も探る予定だ」

なんということか、カルロス王子のわがままで、いろいろな案件が一度に、しかもスムーズに動くことになってしまった。

「二つ目の条件も、喜んで受け入れます。感謝の念に堪えません」

カルロス王子は頭を下げた。

「よいよい。ここから本国に使者を出して、追加の警護の者とはケアリーで合流するようにすればよいのではないか。そうすれば少しでも早く出発できるだろう」

「ありがたい提案です。さっそくそうさせていただきます」

リコシェがうやうやしく答えた。

「キングダム一行も、それでよいか」

「ありがとうございます。十分以上です」

「では、それぞれ準備にかかるといい」

ギルバート王子はニコニコと部屋から出て行った。

残された私たちには、緊張が抜けて、ほっとした空気が漂った。

「やあ、これでもう少し旅を続けられることになったな」

「この遠慮のないところがカルロスのいいところでもあるからな。今回はいいほうに転がってよかった」

カルロス王子とリコシェの普段の様子が垣間見られる会話だった。

「それに、ヒューに我が国を見せられると思うと嬉しいよ」

「兄上に相談した時は、まさかこういう結果になるとは思いもしなかった」

ヒューが静かに感動している。

「兄上はいつも私のことを考えてくださる。心の奥では旅に出たいと思っていたその気持ちを見抜いて、好きにさせてくれる。感謝しかない」

まだ成人する前から、兄王子と二人でシーベルを結界で覆いたいと頑張ってきたヒューであるということを私は知っている。

「ヒューも、いつもギルでんかのためって、かんがえてる」

「リア……」

「だからギルでんかも、ヒューのためを、おもう。きっとそう」

声に出した自分の考えにうんうんと頷く私を、ヒューがさっと抱き上げて揺すった。

「リア、ありがとう。行ってもいいのだな、私は」

「うん。いい」

私はいばって許可を出した。王子様はみんな、控えめすぎる。カルロス王子を除いては。いいと言われたのだから、いいのである。そんなことを思ったからだろうか。

「リアも、トレントフォース、いきたかったな」

思わず本音がポツリと出た。

「リア！」

そして兄さまの声にひゅっと首をすくめてしまった。兄さまは私を離したくないのだ。

ヒューは少し痛ましそうな顔をした。

「さすがに今回は無理だ。だが、リアが本当に行きたいなら、状況を整えて連れて行ってやる。お前は幼い。まだまだ機会はある」

「うん。ありがと、ヒュー」

ヒューは私をそっと床に下ろし、その私をすぐに兄さまがさらうように抱き上げた。

そんな空気を断ち切るように、ヒューは部屋の隅に控えていたバートたちのほうを指し示した。

「最初から最後まで私たちに同行するのは、アリスター・リスバーンと、バート、ミル、キャロ、クライドだ。既に顔見知りだとは思うが、トレントフォース出身のハンターで、第二王子付きの仕事をしてもらっている」

「よろしくなあ」

よっと片手を上げるミルは、本当にいつも自然体である。

「旅は慣れてる。ハンターだから、虚族は任せてもらっていい」

バートのさりげない挨拶には自信がこもっていて、王子付きだけど、自分の判断で行動できるということがちゃんと伝わってくる。私にとっても一歳から三歳までの成長は大きかったが、バートたちにとっても大きかったようだ。こうやってよく見ると、体もなんとなく大きくなっているし、この状況の中でもまったく委縮せず、のびやかに自信ありげに立っている。

「かっこいい」

思わずつぶやいた私を兄さまがぎゅっと抱きしめたので私は、くふふっと笑った。

「にいさまがいちばんよ」

「それならいいです」

兄さまに、やっと笑顔が戻った。

それからはいろいろなことがあっという間に動いた。

それでも、何もかもがすんなりと進んだわけではない。

私たちには、私の護衛のハンスをはじめとしたオールバンスとリスバーン、そして王家の護衛の他に、いつものごとく護衛隊も付いていたのだが、まったくもって当然のこととして反対を表明してきた。ケアリー行きは、監理局に提出した計画表にないという理由だ。

しかし、それについてはギルは一歩も引くつもりはなかったようだ。

「四侯の当主ならば、厳密に計画表に従わなければならない理由もわかる。だが、私たちはあくまで次期当主であり、ニコラス殿下にいたっては、次期王ですらない。王位継承権にいたっては三番目だ」

三番目だってたいしたものである。ちなみに二番目はアルバート王子だそうだ。

「しかし、四侯にせよ王族にせよ、そのお血筋を危険にさらすわけには参りません。そのために、結界の外に出てはならぬという不文律があるのです。ただでさえ、それを大目に見ているというのに、それ以上のわがままは許されませんぞ」

行きは順調だったせいか、普通の警護以外に何の口出しもしてこなかった護衛隊の一番上の人が、ここにきて面倒なことを言い出した。

こんな時、グレイセスだったらもう少し融通が利いたのにと思い、私は首を横に振った。グレイセスは頭が固いから、やっぱり駄目だというだろう。でも、四侯が本気になったらしょせん護衛隊は言うことを聞くしかない。それは跡継ぎでも、覚悟さえあれば同じである。そういう流れを、お父様が作ったのだ。

「そもそも、もっともキングダム内に留めておくべき四侯の一人を見逃してしまったのは護衛隊だろう」

「ぐっ」

ギルの痛烈な一撃である。

要は、国内のレミントンのたくらみを何一つ悟れず、いいように行動されてしまったくせにということである。

「リスバーンも、オールバンスも、四侯の役割にとどまらず、戦後処理に奔走し、キングダムのために労を惜しまず働いている。誤解のないように改めて言っておくが、こたびのシーベル訪問も、あくまでウェスター側から招かれた結果だ。我らのわがままではない」

「シーベルに来たのはそうでしょう。ですが連日草原に出て、何やら行っているのまで公務ではありますまい」

「それもシーベルに招かれた件と関係のあることだ。内容については護衛隊の知るべきことではない」

兄さまの皮肉の入った丁寧な話し方もじわじわと締め付けられるように厳しいが、ギルのきっぱりとした話し方は直接的に厳しい。私は毎日楽しく生きているだけだから、こういった時に四侯という、身分の高さを感じるとギルも兄さまも別人のようで、少し戸惑いも感じる。

「許可が出るまで長々とシーベルに滞在するのも迷惑をかける。我らは、それぞれ家の者を出して、ケアリー経由で帰ることを王都に知らせるつもりだ。必要と思えば、ケアリーに迎えに来るだろう。

お前のすべきことは、我らを無事にケアリーにたどり着かせることだろう。何のための護衛隊か」

「もちろん、王都に帰るまで、お守りいたします」

護衛隊もケアリーまで来るらしい。

「そうそう、お前たちの分の結界箱もちゃんと用意してある。安心して付いてくるがいい」

ギルは、結界のないところではお前たちは役に立たないだろうが面倒は見てやるという態度だ。

実際、虚族には普通の剣は役に立たず、バートたちの持っているようなローダライトの剣が必要だ。夜は基本町の中で過ごすだろうし、辺境といえど虚族と戦う機会はないだろうから、問題はないだろうと思い、思わずクスッと笑ってしまった。

私もギルと同じように、護衛隊を守ってくれる人ではなく、私たちが守るべき人と考えていたことに気づいたからだ。

「守らなければならない人が増えるだけだから、付いてこなくていいのに」

「だよな」

そして兄さまたちも同じことを考えていたことに驚いた。もちろん、護衛隊が部屋から出て行った後のことだ。

「リアもおもってた。まもってあげなきゃって」

「ハハハ。三歳児に守られる護衛隊。よく考えたら、本当のことだから笑えないな」

そう言って結局笑い飛ばしたギルが、私の頭をそっと撫でた。

「リアも、結局は四侯なんだな」

「リアも、よんこう?」

当たり前のことだが、どういう意味だろうか。

「俺たちは、幼い頃からキングダムの民を守ること、人の上に立つことを教えられるんだ」

私はふんふんと頷いた。だが、同時に首も傾げた。私は別に教わってはいない。

「厳密には教わるんじゃなくて、学ぶんだ。父様たちを見ていたら、自然と伝わってくるだろう?」

「おとうさま、えらそう」

「リア」

兄さまがクスクス笑いながら私をすかさず抱き上げ、頬をつついた。理由を探しては抱き上げるから困ったものだ。

「あの大きいお屋敷の一番上に立つこと、城でたくさんの文官を使って仕事をすること。お父様は息を吸うように当たり前にこなしますが、それはとても難しいことなのですよ」

「リアは、それ、めんどう」

「そうでしょう? でもお父様は、面倒などと思ったことはないと思います。それが四侯の、人の上に立ち民の暮らしを守るものの当然の姿だから」

「おとうさま、えらそうだけど、かっこいい」

私はもう一声足してあげた。

「私もギルも、キングダム一行を誰一人欠けることなく連れ帰る責任があります。と同時に、せっかくの外遊ですから、得られるものは最大限に得て帰る、これも大事です」

「だから、ケアリーにいく?」

「いえ、それはやりたかったからです」

兄さまが恥ずかしそうに笑い、抱き上げていた私を降ろした。

「リアはケアリーの町長に言うべきことはきちんと言い、ちゃんと謝罪させました。そしてケアリーに行くことについても、きちんと同行者を守る立場に自分を置いている。それが私たちが四侯ということです」

私も貴族の立場に慣れたということなのだろう。私は右足を前に出して、腰に手を当てて、顎をそらせた。

「こう?」

「違います」

そんなに早く否定しなくてもいいのに。ぷうと頬を膨らませた私はまた、兄さまに抱き上げられてしまった。

「でもかわいいです」

かわいいならすべては許される気がする。

こうして護衛隊も説得し、王都に使者を送り、ケアリー経由で帰ること、そしてキングダム内の帰り道の手配をしてもらうことなどを連絡した。ニコの面倒はギルと兄さまが担当なので、城にも同様の手配をする。

「これで、城に使者がたどり着いて、城の面々が慌てている時には、私たちは既に出発済みということです」

「やったもん勝ちだな」

これが四侯とは何かと語っていた二人組とは思えない言葉だが、私はやんちゃな兄さまも好きだ。

それから兄さまたちが、ヒューとカルロス王子たちと、どのコースをたどってケアリーに行くか、何を揃えるかなどを相談している横で、私とニコは静かに遊んでいた。

どうせ後で話すことになるのだから、聞いていてもいいだろうということのようだ。実際はニコがヒューの部屋に朝早くから突撃したりしたら困るからだろうと思う。だが、どうせ旅程の話し合いに面白いことなどあるわけがない。と思っていたら、いきなりバートの声が響いた。

「ちょっと待ってくれ。そのコースには賛成できない」

「なぜだ。クレストを通るコースだから、観光という意味でも、安全という意味でもよいと思うが」

どうやら基本のコースを考えたのはヒューらしくて、声がむっとしている。

「それはわかってる。でも、これじゃあニコ殿下の希望が中途半端になるだろう」

「ニコラス殿のか。あー、つまり、虚族が見たいという、あれか」

ニコの見えない耳がぴょこんと立ち上がった。

「それなら、途中の町で宿を取った後、護衛付きで見せればいいだろう。わざわざコースを変える必要はない」

「いや、そんな甘っちょろい計画でお茶を濁すなよ」

バート、相手は王子様ですよと言ってやりたい気持ちである。ハラハラするではないか。

「お茶を濁すってお前」

ヒューも絶句してしまった。

「野宿する日が必要だ。もちろん、避難所のあるところでいい」

「野宿だと。バート、いいか、私たちが連れて行くのは王族と四侯だぞ」

二人で喧嘩をするかのようにやりあっている。

「せっかくルークさんがいるんだ。ルークさん、あんた結界箱、けっこう持ってきてるよな」

兄さまはいきなり自分に話が振られたので驚いたようだが、素直に頷いた。

「ええ。人数が倍になっても困らない程度には」

「これを使わせてもらわない手はないだろう。魔石の充填にも困らないんだぞ」

「バート、失礼だぞ」

私としては、バートたちがなぜ第二王子付きなのかがよくわかってとても楽しい。バートたちの前ではヒューがのびのびしているからだ。

「かまいません。それからバート、そろそろ私のことはルークと呼んでください」

「俺も、アリスターの兄ちゃんじゃなく、ギルと呼んでくれ」

王子をヒューと呼んでいるのに、兄さまにさん付けは確かにおかしいと思っていた。だが、兄さまにはさん付けされてしまう雰囲気は確かにあると思う。

「じゃあ、そうさせてもらうな、ルーク、ギル」

まだ何か言いたそうなヒューだったが、ニコが立ち上がってとことこと近くに寄っていったので口を閉じた。

「ヒューバートどの。わたしにはいちど、きょぞくをみるきかいがあった。だが、おさなかったゆえ、さかなのきょぞくにきをとられ、ちゃんとみられなかったのをこうかいしている。バートのいうとおりにしてもらえるとうれしい」

「ニコラス殿……」

ヒューがニコの話に何を言い出すのかと呆気に取られているが、よく考えたら、あまりニコのことは知らないのかもしれなかった。ものすごく賢い子なのだ。

「だが、カルロスどのがこわいというかもしれないから、そしたらふたてにわかれるのもありだろうな」

「え、私かい？　問題なのは」

いきなり自分に話が飛んできて戸惑い、その内容に情けなさそうな顔をするカルロス王子だったが、慌てて首を振った。

「怖くないと言えば嘘になるが、これもよい経験だろう。ルークの結界箱を信用することにするよ」

「私ではなく、オールバンスの結界箱です」

兄さまがわざわざ言い直していておかしい。

「決まりだな」

「ああ、もう」

ヒューはバートの言葉を聞いて、やけになったように行程表になにか書き込んだ。

「じゃあ、思い切って一日分南にずらして、ウーラム丘陵のふもとに一泊、野宿しよう。ユーリアス山脈ほどではないが、虚族の多いところだし、避難所も整備されているしな」

それに、旅の初めに寄るので、疲れてもいないだろうからとのことだった。

意見の通ったニコは嬉しそうな顔をして私のところに戻ってきた。

「そういえばニコ、どうしてそんなに、きょぞくがみたいの？」

前に見た時は、幼くてよくわからなかったと言っていたが、別に理由がある気もするのだ。

「リアは、きょうみがないのか？」

逆に聞かれてしまった。

「うーん。あんまり？」

バートたちと一緒に狩りに行っていた時も、虚族がいて危なくないかどうかが主な関心事だったので、あまり興味はなかったかもしれない。

「わたしがいちどみたきょぞくは、足がちについていなかった。では、どうやってあるく。どうやってうごく？」

「そうね、ふしぎね」

それになぜローダライトで斬ると魔石に変わるのだろう。不思議だが、そんなものだろうとしか思わない私である。そもそも魔力があるところからしてこの世界は不思議なのだから。

「きょぞくはどこからあらわれて、どこにかえる？　ぎもんはつきぬ。それにあの」

ニコは胸に拳をとんとんと当てた。

「むねにひびくけはいをもういちど、たしかめてみたい」

「リアは、きょぞくには、なれてるからなあ」

もう一度確かめたいとは思わないのだった。

「でも、どこからくるかは、リア、わかるかも」

「なんだって?」

ヒューの驚きの声で初めて、ニコと私の会話に皆が注目していることに気がついた。

「バートも、しってる」

私はバートに投げることにした。何しろ現役のハンターなのだから。

「虚族は基本、山から湧く」

バートが冷静に答えた。

「知っている。だからウェリントン山脈やユーリアス山脈の側は虚族が多いんだ。だが、リアの言っているのはそんな当たり前のことではないだろう!」

ヒューがイライラとしたように大きな声を出すが、私のことを買い被りすぎである。

キャロも冷静に指摘した。

「そうだな。数は少なくなるが、草原にも湧く。それに、いつも山から出てくるなら、山から遠く離れてところにはどうやって出てきているのか。例えば、前にヒューやリアと寄った草原の町は、どうなのかということになるな」

「キャロ、あのあと、たしかめた？」

「ああ」

トレントフォースから、シーベルに戻ってくる途中の町でのことを、ミルも覚えていてくれた。町のしっかりした建物に住めない、貧しい人たち。草原の町の虚族は、そんな姿をしていた。そしてその虚族から手に入った大きな魔石は、ミルが私のラグ竜に縫い込めてくれ、結果としてキングダムを救ったことになる。

あの時キャロは、後でその場所を確かめてみると言っていたはずだ。

「草原と言っても、土と草ばかりじゃないだろ。虚族が現れたところには、腰かけられるほどの岩があったが、掘り出そうとしても無理だった。つまり、土に隠れているところは相当大きな岩だったんだと思う」

キャロの確かめたという結果に、ヒューは眉をひそめた。

「つまり、虚族はその岩から出たと？」

「次の日は移動したから、出たところを確かめてはいない。いつか検証しようと思っていたが、忙しさに紛れて、今、リアと話をするまですっかり忘れていたよ」

キャロは苦笑して肩をすくめた。

「虚族を狩りたかったら、わざわざ草原に行って岩を見張るより、ユーリアス山脈へ行くほうが早いからな」

ハンターをするのは遊びではないのだ。

「では、なぜキャロと一緒に確かめたわけでもないリアが、それを知っている雰囲気なのだ？」

ヒューの指摘は鋭かった。

「ケアリーのハンターをたすけるために、しま、いったから」

「ハンター喰いの島か」

ここでカルロス王子がヒューの言葉に食いついてきた。

「ハンター喰いの島とはなんだ？」

「海に浮かぶ岩だらけの小さな島で、船で渡るしかないのだが、そこには虚族が出る。興味本位で行くハンターが跡を絶たず、命を落とすこともある。ゆえにハンター喰いの島という」

ウェスターの秘密というわけでも何でもないので、ヒューはすらすらと答えた。観光ガイドみたいだと思う。

「しまは、いわだけ。いわのしたには、ひるでも、きょぞくがいた」

「つまり、リアは」

ヒューがすーはーと息を吸って吐いた。

「いくつかの出来事の共通点を分析して、虚族が岩から現れると予測しているということなのか？

普段は虚族の出ないキングダムにいるのに？」

「まあ、そうだろうな」

私の代わりにキャロがヒューに返事をしてくれた。

ヒューは額に手を当て、天を仰ぐ。最近このしぐさ、多くない？

「そうだ、思い出せ。この幼児は、襲撃事件の時何をした。敵の隙をついて逃げだし、さらに敵の行動を読み、虚族の群れる中、一人身を守ったんだぞ。そうだ、間違えるな」

ヒューはいきなり私の元にスタスタと歩み寄ると、抱き上げてぎゅっと抱きしめたので、私はびっくりした。

「そうよ」

「リーリアは、かわいいだけの幼児。ついでにちょっと賢い。それだけだったな」

私はかわいらしく目をぱちぱちとして見せた。

「うん、そうだ」

ヒューは照れくさそうに笑うと、すぐに私を降ろした。あの時は、まるで得体のしれない者を見るような目で見ていたというのに。ヒューは変わったと思う。それもいいほうに。

「すまない。いろいろ考えることが多くて、取り乱したが、大丈夫だ。それではまずウーラム丘陵に向かうということでいいな」

「ヒュー、あんた、いい男だな」

バートが少し笑いを含んだ声でからかうように名前を呼んだ。

「そこで、丘陵にある岩でもなんでも観察したらいい。結界箱があれば何でもできるだろう」

気にせずちらりとこちらを見たヒューの目は、結界箱がなくてもなんとかできるだろうと言っていたが、知らんぷりをした。

いつもなら、余計なことを言ってはいけませんという兄さまも、いくら私に価値があっても、もはやさらわれる理由がないと知ったからか、何も言わずに見守ってくれた。

「ニコ」

「ああ。さっそくきょぞくがみられそうだな」

こうして、ユベールの仕事の終わりを待って、私たちはちょっと寄り道しながらケアリーを目指すことになった。


セバスとこないだ別れた時は、本当のことを言うと二度と会えないかもしれないと思っていた。

「セバス！　きっとまたくる」

「ええ、セバスはいつでもここでリーリア様をお待ちしていますよ」

だが、これからは気軽に来られそうな気がするのだ。たとえウェスターから招かれなくても、来たいと言えば来られるような気がしていた。きっと兄さまも付いてきてくれる。

「ではセバス。体を大事にするのですよ」

「ルーク様……。なんとありがたいお言葉でしょう。くれぐれもケアリーではお気をつけくださいませ」

セバスはここでちゃんと楽しく仕事をして暮らしている。もう何も心配することはない。

セバスによると、ケアリーについては、大きな町だけれどあまりいい噂を聞かないそうだ。治安が悪いので、かわいいリーリア様は特に気をつけてくださいと言われた。

シーベルもキングダムの王都も、私の見たところだけかもしれないが、いい町だったので、ケアリーに行くのはちょっと怖い気もする。

「私も付いて行きたかったのですが、ケアリーから私だけ戻ることになりますのでなにかと面倒で。せっかくリーリア様と再会できたというのに」

ドリーが両手を胸の前で握り合わせている。斜め後ろからナタリーのふんという鼻息が聞こえてきたような気がしたが、気のせいだろう。

「リア、またくるから」

「お待ちしております」

こうして私は知り合いとの別れを惜しんだ。

「ケアリーなら、私も行きましたものを」

「ハーマン。付いてきたいならもっと体重を落とせ。こんな短い距離でも息が上がっているではないか」

ハーマンが横に大きい体をどたどた運びながら汗を拭いている。

「しかし、ケアリーのことをよく知っている私が行けば便利ですよ」

「機動力が大事な旅だ。足手まといはいらぬ」

ヒューが厳しく切り捨てていて驚いたが、ハーマンが来ることがないとわかって私は心の底からほっとした。

「さあ、竜車に乗り込め！　出発だ！」

シーベルの町の民に見送られ、私たちは来た時と同じようににこやかに手を振りながら、この町を去ったのだった。

第五章

虚族を見に

初日はシーベルの近くの町に泊まったが、二日目が第一の目的地であるウーラム丘陵である。午後の半ばに到着すると、そこは草原の海側にあり、背の低い木が生えた緩やかな丘がいくつも連なる、目に優しい景色が広がっていた。

ちょうど丘のふもとに、出入り口をローダライトで補強した、旅人用の避難所が建っている。横にはラグ竜用の小屋もある。

「基本的には避難小屋に宿泊準備を。今日は結界箱がいくつも使えるから、まず避難小屋の入口に結界箱を一つ設置し、扉は開け放し出入り自由とする。あとは必要な者がテントを張り、そこを拠点として虚族見学をしよう」

ヒューが指示を出し、皆ざわざわと動き始めた。こんなふうに大がかりに避難小屋に泊まったのは、サイラスにさらわれた時以来だ。あの時も結界箱で入口を確保していたなという記憶が懐かしく思い出される。

「さて」

ヒューが私とニコの前に立った。

「ニコラス殿、どうしますか」

自称もうすぐ五歳とはいえ、四歳児に聞く内容では本来ない。だが、虚族を見たいと言ったニコのためにここに連れてきたのだから、ニコに決めさせたいのだろう。

だが大丈夫だ。ニコは賢い子である。

「わたしはきょぞくをみたい。そしてこのあいだ、リアとキャロが、きょぞくはいわから出るかもしれないといった。ということは、なるべく大きないわのちかくがいいとおもう」

そう言うだけでなく、自分でも緩やかな丘を観察してみている。

「上のほうはさかになっていてあぶないから、あそこの、おかのすぐそばの、いわがたくさんあるところはどうか」

「なるほど。避難所からは少し離れるが、避難所の扉は開け放してあるから、いざとなったらラグ竜に乗せて移動すればいいか」

ヒューが顎に手を当てて、ニコの示したところを見ている。

「リアは」

私も意見を言っておこう。ヒューが音が出るかと思うくらい素早く振り向いた。

「リアもなにか意見があるのか?」

そう驚かなくてもいいではないか。

「リアは、きょぞくが、だれによっていくのか、きになる」

「誰に寄っていくか? 命あるもの、そして人がいれば人だろう?」

そうかもしれない。だが、魔道具を扱っている私としては、人は一種類ではなく、魔力のあるなしによって分類される。

「まりょくあるひと、すこしあるひと、ないひと。けっかい、みっつにわけたい。みっつのどれにきょぞくがよるか」

「三つか。警護の者も三つに分かれることになるし、王族が固まってしまう恐れがあるな」

私は宿泊の準備をしている人たちを厳しい目で見た。

「ひとつ。キングダムぐみ。ふたつ。ヒューとカルロスぐみ。みっつ。おつきのひとたち」

魔力量を大中小と分ければ、そういう分け方になる。

「あるいは、ヒューとカルロスおうじのかわりに、バートたちか、リコシェ、ジャスパー」

ヒューやカルロスに比べるとだいぶ魔力量は少ないが、それでもキングダムの住民くらいはある。

「俺たちはそれぞれ護衛に入るから、数には入れないでくれよー」

少し離れたところからバートが叫んだ。

「それがリアから見た魔力量の格付けか」

ヒューが情けなさそうな顔をする。

「魔力量の格付けとはなんだ？　なぜ私はヒューと組みにされた？」

「ああ、カルロス。それは」

ヒューは言いかけて兄さまを確認するように見た。兄さまは苦笑して頷いた。

「もう秘密にしても仕方がありません」

「そうか、それではカルロスに説明しておく」

ヒューを伝言板にしなくても、直接やり取りすればいいのにと思う私である。

「リアは、人の魔力量がわかるらしい」

カルロス王子は何かを思い出したように目を見開いた。

「それで、リアは魔力を吸えるのか……」

「すえないでしょ。すうのはませき」

すかさず否定しておく。魔力を吸うとか、虚族みたいではないか。それに、魔力量がわかるからといって、魔力を吸えるわけではない。まったく、カルロス王子は困ったものだと、ぷんぷんしてしまう。

そういえば一度、ニコの魔力を自分に移したことがあった気がするが、あれは気持ちの悪いものだった。そして移しただけであって、吸ったわけではない。たとえ幼児であっても乙女としては、その違いはとても大きいのである。

そして、側で話を聞いていたらしいお付きの人が、おずおずと聞いてきた。

「あの、お付きの人たちって聞こえたような気がしたんですが。もしかして俺たちだけで外に？」

普段なら口を挟むなど無礼だからしないのだろうが、さすがに気になったのだろう。

「なんだ。不満なのか？　結界箱があるのに」

ヒューが聞き返しているが、お付きの人は真っ青だ。

「怖いに決まってますよ。結界箱があっても、虚族が見えるんですよ？」

確かに普通の人には虚族が怖いだろう。私は胸を拳でトンと叩いた。

「あんしんして。ごえいもつける」

「安心できません」

なにか言っているようだが気にせず、私は魔力のない人を選定するために、うろうろと目をさまよわせた。

「はい。そっちのひと。あのひと。このごえいのひと。むこうのごえいのひと」

「俺たちですか？」

「そう」

こうしてみると、ファーランドから付いてきた護衛にも、ウェスターの護衛にも、魔力のない人は結構いることがわかった。

「大丈夫です。お付きの人たちは、いざというときは俺たちが守るので」

さすが王子付きの護衛だけあって、頼もしい。

「お願いします、お願いします！」

とお付きの人に縋られていた。実験のためだから、ちょっと我慢してねと思う私である。

ニコと私の要望により、丘のふもとの岩がむき出しになったところを囲うように、三か所の結界箱が設置されることになった。いざという時のため、三か所とも予備の結界箱は持たせてある。

結界箱と結界箱の間は虚族が通れるよう、隙間も開けておく。出現してからどのように動くのか観察するためだ。

私の言った通りの組分けになっているが、魔力のない組はやはり不安そうではある。ちなみにキングダム組はまったく問題がなく、落ち着いている。なにしろ、結界箱がなくても自分で結界が張れる人ばかりだからだ。

「リア様、いざという時は俺のことは守ってくださいよ」

「まかせて」

私たちの場合、不安があるのは、ハンスのように、護衛として付かなければならない人たちである。隣の組から護衛として何を言っているのかという視線が飛んでくるが、私はハンスの冷静な判断は素晴らしいと思っている。この場合、ハンスより私のほうが役に立つし、こういうギリギリの時でなければハンスは絶対助けてくれる、信頼できる護衛なのだ。

夕闇が迫ってくる前に、ヒューが片手を上げ、声を張り上げた。

「結界を張れ！」

避難所も、こちらの三か所も一斉に結界箱のスイッチが入る。同時に避難所の入口に控えている人が目印に大きい明かりをつけ、私たちも避難所から居場所がわかるよう、ごく小さい明かりをつけた。

私とニコは、結界の中で一番前に座らせてもらった。しかし、私のすぐ後ろにはハンスが立っているし、横に並ぶように兄さまとギル、そしてローダライトの剣を振れるように、少し離れたところにアリスターが立っている。魔力量も十分、ハンターとしての力量も十分だ。

私がアリスターのほうを見ると、ニヤリと笑ってくれた。

兄さまと同じように二年分背が高くなり、大きすぎるように見えたローダライトの剣も体に見合ってかっこいい。

「本当に岩から出てくるか楽しみだな」

「うん！」

楽しみだなんてと、隣の二つの結界から息を呑む気配がするが、正直な気持ちでもある。

やがて日が落ち、あたりもだいぶ暗くなってきた頃、ヴンと、胸を震わせるように懐かしくも切ない気配がした。

「来た」

ニコが胸に手を当ててつぶやく。

「後方、虚族のすがたなし」

後ろにいた警護の者が、ニコの言葉に答えて報告してくれた。

「けはい、まえからする」

「そうだな」

もしかしたら虚族は岩から出るのではないかもしれない。だがそれはあちこちに目を配ってくれる護衛に任せて、私たちはじっと岩を眺めていた。

そしてその瞬間は来た。

「出ましたね」

「ああ」

気が付いたら、岩の上のほうに虚族が浮かび上がっていた。ネズミなどの小動物に交じって、人型の虚族もいて、他二つの結界の中から小さな悲鳴が上がっている。

だが、私たちは冷静だ。

「リア、もっと、にょろんとでてくるとおもってた」

「わたしもだ」

岩からにじみ出るように出現するかと思っていたが、現実には一瞬で映像が結ばれていたという感じだ。だが、明らかに地面に足が付いていない。特に小動物は体が小さいせいか、地面より上に浮き上がっているのがよくわかる。

「あれはすべて、きょぞく。あの小さいものに、わたしはちゅういしなければならない」

ニコが自分に言い聞かせるように言った。私も同意する。

「ネズミにみえても、きょぞくだから」

しばらくその場でゆらゆらとしていた虚族は、ふっと体の向きを変えた。

「来るぞ」

アリスターの警告の声と共に、それらは思いがけない速さで私たちに近づいてきた。

キャーという悲鳴が向こうから上がり、

「大丈夫です。動かなければ絶対大丈夫ですから」

と護衛のなだめる声が聞こえる。女性は選ばなかったはずだが、そんなに怖いとは申し訳ないことをしたと思う。

「虚族の動きが速く見えるのは、単に近いからさ。大人が走ったら、虚族は付いてこられない程度の速さでしか動けない」

隣の結界からバートが説明してくれる。

「ただし、人はいつまでも走り続けることはできない。一方で虚族は、同じ速さでいつまでも移動できる。焦って転んだり、判断を迷ったりしたらすぐに追いつかれる。虚族の怖さをわかっていても被害が出るのはそういう理由なんだ」

ニコは真剣に頷いている。

私は近づいてくる虚族から目を離し、岩をじっと眺め続けた。ニコは虚族そのものを観察したいようだが、私は発生の仕方に興味がある。

「けはいとともに、うぇにぼうっとあらわれる」

「そうですね。最初に比べて数が減りましたが、次々と現れますね。これが、岩場のあるところ、あるいは山脈沿いで毎日起こっているとしたら、狩っても狩ってもいなくならないわけです」

私と兄さまが発生の様子を観察している横で、ニコが虚族に忙しく目を走らせている。

「人とのちがいはどうだ。足はうごかず、すべるようにくる。それなのに、手はのばすのだな。ひょうじょうはうごかず、目もあわない。これはいったいなんだ」

確かに冷静に見ると、人ではありえない。人形が糸で操られているような不気味さだけが残る。

「リア、集まった数を比べてみろよ」

ギルに言われて私は岩場から目を離した。そういえばそのために、わざわざ三つに分けたのだった。

「あれ？」

「そうですね」

三つの結界にはそれぞれ虚族が集まっているが、その間をすり抜けて避難所のほうに向かっている虚族もいれば、私たちには目もくれずに、街道沿い、あるいは街道を離れて進んでいる虚族もいる。

全部が近くにいる私たちに向かってくると思っていたので肩透かしを食らった気持ちだ。

「それに、いわからでてきたより、ずっとかずがおおい」

「たまたまこの岩からたくさん出てきましたが、他のところからも出てきた、ということでしょうか」

全体を見るとそんなことがわかるが、一番見たかったのは、魔力の多さに虚族がどう反応するかということだ。

「そこまで違いはありませんね」

「うん」

人型に限って数を数えてみても、魔力のないところに三つ、真ん中にも三つ、そしてキングダム組に四つだ。

魔力が多ければ寄ってくる虚族が多くなるというわけでもないのだろうか。

ニコが虚族の観察を休んで私のほうを見た。

「だとしたら、けっかいごとの人のかずを、かえてみればよい」

考えている私にニコが一つの提案をくれた。

「今はにんずうをおなじにしてあるが、われらならいどうできる」

「そうね」

私はニコと目を合わせると、同時にすっくと立ち上がった。私たちが移動すれば結界ごとの人数を変えられる。

「ちょっと待て」

しかしヒューに止められた。

「ちょっと待て。お前たちは本当に」

本当は天を仰ぎたいところなのだろうが、ヒューの目はしっかり虚族を見ている。

「判断が速いのはいい。すぐ行動に移すのも好ましい。だが、もっと周りの人のことを見ろ」

「まわりのひと?」

私は自分の結界を見て、ヒューの結界を見て、それから魔力のない人たちの結界を見た。

「お前の結界はいい。胆力のある人ばかりだがな。だが、うちの結界でも、不安がっているものはいるぞ」

不安がっているかどうかはわからないが、確かに虚族を警戒してがちがちになっている護衛がいる。

「それに魔力がない結界を見ろ」

魔力のないお付きの人と護衛がいるところだ。

「頑張って耐えてはいるが、相当つらそうだぞ。そんな中で、お前たち小さい子どもたちが移動してくるとなったら、驚きと焦りで気持ちがもたないとは思わないか」

バートが言っていた。虚族は走る大人よりは遅いと。例えばパニックになっても避難所まで走ればいいのだが、焦って冷静ではないときにそんなことができるかどうか。

そして、私はやっと理解した。

彼らがパニックになるきっかけを私自身が作ろうとしていたのだ。

私はニコの手をギュッと握った。

「ニコ」

「うん」

そして二人でまた座り込んだ。ごめんなさいを言うことではないが、ちょっと反省だ。

「ニコ殿下」

兄さまが優しく声をかけた。

「虚族を、十分に観察できたでしょうか」

「ああ。きょぞくはすがたはかわれど、みなおなじようなうごきをする。人とはまったくちがうのだな」

「そのようですね。私も殿下と同じです。今日、初めて知りました」

「そうか。ルークもしらなかったか」

ニコが嬉しそうだ。

「では、今日はこれでおしまいにしても大丈夫でしょうか」

「うむ。ゆういぎであった」

「リアはどうですか」

「うん。やりたいことは、もっとある。でも、きょうは、これでいい」

できれば、また来たいけれども。

「そうですか。では、やりたいことはまた次の機会を待ちましょう」

次の機会に、と言ってくれた兄さまは優しい。

「私とギルで、まず魔力の少ない組を、避難所に送り届けてきますよ」

兄さまはにっこり笑みを浮かべると、懐から小さい結界箱を出した。

「オールバンスの最新の結界箱を持ってね」

「かっこいい！」

兄さまは、それが結界箱だとわかるように手のひらに載せてゆっくりとつまみを回し、結界を発動させたことが目に見えるようにした。それから箱を胸の高さに掲げると、そのままゆっくりと魔力のない結界のほうに歩き出した。兄さまを守るように、ギルが斜め後ろに続く。その兄さまの結界に押されて、兄さまの前にいた虚族の群れが割れるように道が開いていく。

私からは兄さまとギルの後ろ姿しか見えないが、正面から見たかったなあと思うくらいカッコいい。その落ち着いた様子に、魔力のない結界の人たちも見とれているくらいだ。

「さあ、今日の実験はもうおしまいです。四侯である私たちが、あなたたちを避難所まで送り届けましょう」

そう宣言した兄さまの周りに、すがるようにお付きの人と護衛が集まった。

「付いてきなさい」

まるで笛吹きについていく子どものように、ふらふらと皆、兄さまに付いていってしまった。

「あんなにはかなげなのに上に立つものの気概があり、自然に付き従いたくなる。さすがキングダムを支える四侯の後継よな」

ヒューがポツリとつぶやいた。

「シーベルに、週にたった二日間結界を張ることに、どれだけの気力と時間を費やしてきたか。それなのにこうして自由にシーベルから離れられるのも、結局はオールバンスのおかげだ。私ももっと精進せねばな」

本当にヒューは真面目なのだなあと思う。

「ヒュー」

私は座ったままヒューに呼び掛けた。

「にいさまやギル、そしてニコのせおうもの、とてもおもい」

「そうだろうな。想像もつかないが」

「ニコ」

私は今度はニコに呼び掛けた。私は何も背負ってなどいないからだ。ニコの気持ちを話してあげるといいと、願いを込めながら。

ニコはすっくと立ちあがり、ヒューのほうに体を向けた。

「ヒューバートどの。われらがせおうは、キングダムのたみ、すべてのいのち。ゆえに、かおをあげ、むねをはる。だが、どうじに、おうとからはめったにうごけぬ」

ヒューがいくら真面目でも、この場で誰より王子としての自覚があるのはやはりニコだろうと思う。

「こたび、ウェスターからまねかれ、どんなにうれしかったことか。ヒューバートどの。かんしゃする」

ニコはまっすぐヒューを見つめてそう言った。その感謝は、自分自身をもっと評価していいのだとヒューに言っているように聞こえた。

ヒューは一度口を開けたが、何も言わず両手を体の横でぐっと握り、それからまた口を開いた。

「そろそろ、ヒューと呼んでくれないか。そして、私もリアと同じように、ニコと呼んでもいいだろうか」

「もちろんだとも」

ニコは嬉しそうににっこりとした。そのやり取りを見て、後ろからカルロス王子がひょいと出張ってきた。

「私のこともそろそろカルロスでいいんだよ」

「それはかんがえておく」

「なぜ？」

そのおどけた態度に、ヒューの堅い雰囲気はすっかりなくなってしまった。

カルロス王子は、どこに行ってもそういう役割なのかもしれない。兄さまはイライラするようだったけれど。

「では、そろそろわれらも行くか」

ニコが避難所のほうを向いたので、私もくるりと振り向いた。

「そうしよう」

「ちょっと待ったあ！」

すかさずハンスに止められた。

「撤収の順番をちゃんと決めていなかったのは失敗だった」

ぶつぶつ言っているが、帰りは実験の結果次第だったのだから仕方がないだろう。

「いいですか。ニコ殿下とリア様は、ルーク様が戻ってくるまで待ちましょう」

「われらだけでいけるが」

「だいじょうぶ」

私たちは首を傾げた。

「知っています。でも駄目です。かわいい顔をしても駄目です」

「俺が連れて行こうか?」

それまでニコニコと私たちを見守っていたアリスターが声をかけてくれたが、ハンスは余計なことを言うなという懇願の目でアリスターを見る始末だ。アリスターは肩をすくめた。

「心配しなくても、結界箱もあるぞ?」

「わたしもだ」

「わたしもある」

私は肩から下げたラグ竜のぬいぐるみを持ち上げた。今はこれの中に結界箱が仕込んであるのだ。

「俺だって持ってますよ!」

ハンスが我慢できないというように叫んだ。

「というか、ルーク様からちゃんと預かってます。でもそういう問題じゃねえでしょうが! お子だけで動いて、ルーク様に心配かけちゃなんねえってことですよ。ほんとにこのお子様たちは手のかかる」

ハンスが両手で頭をかき回している。

それならばもう少しのんびり虚族を見学していようか。

「では、まっているあいだ、けっかいの中を行ったりきたりしてみないか」

「やってみよう！」

私たち二人は、兄さまが戻ってくるまで、結界の中を右に行ったり左に行ったりして、虚族が付いてくるのを確かめてみたのだった。

それにしても、兄さまはいったい、いくつ結界箱を持ってきたのだろう。

護衛とはいえハンスまで念のために持たされていることに私はとても驚いたのだった。

結局、私たちは戻ってきた兄さまとギルに導かれながら、避難所まで戻った。

日が暮れる前に、軽く食事は済ませていたのだが、それでも温かいスープと軽食が用意してあったのは、さすがである。冬の終わり、まだ外は寒く、厚着をしていても体は冷えていた。

「ひなんじょ、いがいとひろい」

私はスープのカップを抱えながら周りを見渡した。

イースターのサイラス王子に襲われたところは、もっと手狭だった気がする。

「ここはシーベルとケアリーの通商路でもあるから、大規模な商隊が通ることもあるんだ。避難所が小さくて入れませんでしたでは済まされない場所だからな。虚族も多いし」

ヒューの説明に納得である。

最後に戻ってきたバートが、私と同じようにスープのカップを抱えながら、こっちに歩いてきた。

「なあ、ルーク」

兄さまに用があるようだ。と思ったら違った。

「ちょっとリアを貸してくれないかな」

「リアをですか？」

何をして遊ぶんだろうと思った私とは、兄さまは頭のできが違った。もちろん、私ができないほうである。

「いったい、何を企んでいるんですか」

「企むなんて、大げさだなあ」

バートは、何も企んでいませんよと言うように胸元で両方の手のひらを兄さまに見せた。

「では、なんのためにですか」

私に用があるはずなのに、私不在で話が進んでいる。私はカップを傾け、そっとスープをすすった。

うん、ほどよく冷めている。

「ええと、ちょっとさ、リアとラグ竜に乗ってきたいんだよな」

バートを中心にし、波紋が広がるようにおしゃべりが止んでいった。そうして終いには、避難所に完全な沈黙が落ちた。

そして、私がカップのスープをすする音だけが響いた。もちろん、ちゃんと上品に飲んでいる。

「ちょっと何を言っているのかわかりません」

「ええと、そうだよな。なあ、リア」

バートは兄さまを飛ばして私に直接話しかけてきた。

「リアはどうだ？　一緒に竜に乗りに行かないか？」

私はスープのカップをとんと簡易テーブルの上に置いた。

「にいさまがいいっていったら、いく」

そしてふふんと胸を張った。百点満点の答えだと思う。

「リア……」

それなのに、兄さまが残念なものを見るような目で私を見るのはなぜだ。

「そこは夜だから行かない、と答えるのが正解だな」

ギルの声には笑いが含まれていた。

「じゃあ、明日。道中ならどうだ？」

「それは昼間ということですよね。ですが、リアはかごでないと竜に乗れません。隣に並んで乗るということでしょうか」

「それでいい」

それでいいということは、本当は違うということだ。私はバートが何をしたいのかよくわからなかったけれど、なにかはあるとわかってわくわくして次の日を待った。

朝からバートと並んでラグ竜に乗ることにワクワクしていた私だが、バートのしたいことは、単に竜に乗ることではないようだ。兄さまも予想もしなかったのか大きい声を上げげそうになり、慌てて声を小さくしていた。

「はあ、結界？　竜に乗りながらですか？」

バートが私にしてほしかったことはこれらしい。

昨日の夜はすまなかったと、朝一番にバートが謝りに来てわかったことだ。

「ルークとリアには、以前一度頼んでおいただろ。リアの作った魔道具を使わせてほしいって」

「ええ、バートもそういえば『夜の訪問者』でしたね」

「なんだよそれ」

旅に出てからあまりにも夕食後訪ねてくる人が多いので、それが私と兄さまの合言葉のようになっていた。それと私は正確さを大切にする子どもなので、きちんと訂正を入れておく。

「リアのまどうぐじゃない。リアとニコのまどうぐ」

「そうか。ニコ殿下も呼んだほうがいいか」

「そうですね。もちろん、ギルもです」

バートが、ギルとニコを連れてくるまでの間、私は兄さまに確認してみた。

「にいさま、はなし、きくの？」

「ええ。聞くだけは聞くつもりです」

兄さまは私が大事だし、ニコが守るべき王族だということはわかっているから、なるべく無茶をさせないようにと気を配っている。だから、普段ならたとえ相手がバートとはいえこんな胡散臭い話は頭から断っているはずだ。

「リア、私はリアもニコラス殿下も守りたいと思っています。でも、今私たちは、キングダムから解き放たれて自由です。護衛隊が付いてきているとはいえ、私たちが本当にやろうとしてることはなにかなど、しょせんあいつらにわかりはしません。キングダムでは確実に大人に止められることでも、今ならできます」

「だから、きのう、いろいろやらせてくれた？」

「ええ。普段ならもちろん、止めることですけどね」

兄さまはくすりと笑った。

「昨日のリアとニコ殿下を見て、バートも何かを試してみたい気持ちがうずいているのかもしれませんね」

兄さまのほうが、バートの考えていることがよくわかっているようだ。

「ですが、それも内容次第です」

そんな話をしていると、ニコとギルもやってきた。

「じゃあ、出発まで時間がないから、急いで話すな」

ニコが何のことだという顔をしているが、時間がないということで口を開くのを我慢したらしい。偉すぎる。

「前にリアとニコ殿下の魔道具を試しに使ってみたいと言ったが、それよりもう一段階面倒なことを頼みたいんだ」

試しに使うことだって一度は断ったというのに、それより面倒なこととは何だろうか。

「結局、俺が今、一番欲しい魔道具は、今あるものより有効範囲が狭い結界箱なんだ」

だからバートは、私たちの作った範囲の狭い結界箱にあれほど興味を示したのかと納得した。

「ほら、俺たちヒューの親衛隊みたいなことやってるだろ。ヒューと一緒に、あるいはヒューの依頼で出歩くことも多いんだが、基本的には夜は行動できないんだ。当たり前だけどな」

「バート、ハンターなのに」

ハンターだからこそ、トレントフォースでも夜、狩りに出ていたはずだ。

「うん。ハンターだから夜、家の外に出ることへの抵抗は少ない。竜に乗っていれば虚族は振り切れるしな。だけど、ハンターと、調査や移動を主にする親衛隊の仕事では、虚族に向ける注意が全然違うんだよ。つまりさ」

バートの事情は、思ったよりずっと複雑だった。

「ハンターを主にしていた時より、今のほうがずっと結界箱が欲しいと思うんだ」

ケアリーの町長に、息子を助けた報酬として結界箱をもらった時も、別に必要ないから売ってしまうと言っていた。

「確かリアを助けた報酬として、結界箱はお渡ししたはずです」

兄さまが、結界箱は既に持っているだろうと念を押す。

「ああ。もらっている。アリスターのより、小型で使い勝手のいいものをな」

バートは、それは感謝していると伝えてくれた。

「だが、やはり魔石が大きすぎて魔力を補充するのが大変なんだ。だから、ここぞという時しか使っていない」

アリスターに入れてもらえば、と言おうとして口を閉じた。バートたちが、アリスターにそんなことを頼むわけがない。お金を払えばいいという問題でもない。アリスターの魔力を利用するということ自体、しないはずだ。

「出発前なのに、話が長くなったな」

私はアリスターとバートたちについて思いを巡らせていたが、ニコは違ったようだ。

「それで、どのようなけっかいばこがほしいのだ」

ズバリと核心を突いてきた。

「まいったな」

「まいっているひまはない。はやくいうのだ」

ニコが珍しく腕を組んで厳しいことを言っている。確かに、もうすぐ出発の準備ができそうだ。

「じゃあ、言うぜ。欲しいのは、夜、竜に乗って移動できるくらいの結界が張れる結界箱だ」

つまり、走っているラグ竜を覆うくらいの結界ということだ。

「では、なぜリアをりゅうにのせたい」

ニコもちゃんと昨日の話を聞いていたのだなあと思った。

「いっしょに竜に乗って、どのくらいの大きさの結界が必要か体感してほしいんだ」

「それは、リアに竜に乗りながら結界を張ってみてほしいということですか」

兄さまが声を落とした。

「そうだ」

「そして、それを元に、小さめの結界箱を作ってほしいと。できれば、魔石が小さくて済むような」

「その通りだ」

私は面白そうな話に自然と目が輝き、思わず片手を上げていた。

「リア、やる！」

「待ちなさい、リア」

しかし兄さまに止められてしまった。その言い方はかなり厳しいものだった。

「にいさま……」

さすがの私も口をつぐむ。兄さまはそのままバートのほうを向いた。

「バート、これがとても大変なことだとわかっていますね」

「ああ」

バートは兄さまの確認にしっかりと頷く。しかし、次に兄さまの口から出たのは思いがけない言葉だった。

「では、いくら出しますか」

「いくらって……」

四侯という、お金を見たことも触ったこともなさそうなお坊ちゃまから出るとは思えない言葉に、バートは戸惑ったのだろう。言葉を返せなかった。

「あなたが望んでいる魔道具は、今まで誰も作ったことのないものです。それを依頼し、初めから作らせようとしているのに、無償ということはないですよね」

「あ……」

バートはそのまま私に視線を下げ、それからニコのほうを見た。最後に顔を上げて、竜の準備をしているアリスターに視線を移した。

「すまん。リアとラグ竜に乗る話、忘れてくれ。いったん出直す」

お金がないということではないような気がしたが、どうしてやめるのだろうか。面白そうなのに。

しかし、出直すと言ったバートの顔は曇っていた。

「リア、俺は大馬鹿野郎だ」

そしてそのまま、アリスターたちのほうに歩き去ってしまった。

「リアがりゅうにのるのなら、わたしものらせてもらおうとおもったのだが」

ニコがバートの背中を見送りながら残念そうな表情を浮かべた。ニコはバートを非難するつもりでいろいろ言ったのではない。自分が疑問に思ったことを、素直に聞いただけだから、なぜバートが去っていったのか理解できないようだ。

私もなぜバートが突然いなくなったのかわからず、なにが馬鹿野郎なんだろうと首を傾げた。

兄さまは私とニコを交互に見ると、安心させるようにニコッと笑った。

「心配しなくても、竜に乗せたいと言ってきたら、夜でなければ考えますよ。ですから、バートがまた何か言ってくるまで、待っていましょうね」

「はーい」

「わかった」

なぜ連れてこられたのかわからなかったニコは相変わらず消化不良の顔をしていたが、そもそも今日は楽しい旅なのだ。

「ニコ、ミニーのかごにのろう！」

「それがよい！」

兄さまたちも、竜車での勉強会は一時お休みするようなので、私たちも自由だ。

ミニーにかごを付けてもらうようにお願いに走った私たちである。

その日は竜車とかごに交互に乗り、お休みのたびに棒を振り回し、歌を歌い、草原に向かって大きな声で叫び、枯れ草をむしった。

お昼が終わっても走り回っていると、兄さまが大きく手を振って叫んだ。

「午後は竜車に乗りましょう！　もう少ししたら戻ってきてください！」

形だけでも私の許可を求める気配だったので、私は頭の上で大きく丸を作った。

「いーよー」

「いーよー」

隣でニコも丸を作っている。

「くっ。なんだかわからないが、かわいさが過ぎる」

カルロス王子が鼻を押さえているが、知ったことではない。

「リア、あっちに白い花がさいていたぞ」

「ハルマチグサかも！」

幼児の一日は忙しいのである。私たちは草原をあちこち走り回るのであった。

それから少し南に移動して、クレストという町に寄った。

トレントフォースから移動してきた時には寄らなかった町である。あちこちから商人が買い付けに来ているようで、シーベルほどではないが賑わう町だった。通りにはレースや布製品を売る店が立ち並び、同じ並びに工房らしきものも見える。

「懐かしいな」

竜を降りたアリスターが、町の通りを目を細めて見ている。

「アリスター、きたことあるの？」

「うん。母さん、レース編みで生計を立ててたんだけど、クレストはレース編みの産地だからさ。ここでしばらく稼いで移動資金をためたんだ」

アリスターがキングダムからやってきたと知ってはいたが、勝手にケアリーからトレントフォースにまっすぐ行ったものだと思っていた私は、新情報に驚いた。

「母さんは腕がよかったし、キングダムで流行りの柄なんかを知ってたから、けっこう重宝されてさ。俺のこの」

アリスターは右手で両目を覆った。

「夏青の目がばれるまで、けっこう稼いでて。俺も魔石にずいぶん魔力を入れた」

「アリスター……」

「面倒だったよな、トレントフォースに行くまではさ」

そのさっぱりとした話し方からは、アリスターがもう過去を乗り越えているということがわかる。

「リア」

「なあに？」

アリスターはしゃがみこんで、並んで立っていた私と肩を並べた。

「バートのこと、許さなくていいからな」

「ゆるさない？　なんのこと？」

私は突然のアリスターの言葉に、戸惑いしか感じなかった。

「リアはわかってなかったかあ」

アリスターは私の髪をくしゃくしゃとかき回したので、私はぷうと頬をふくらませた。そんな私に、アリスターは丁寧に説明してくれた。

「バートはさ、リアと知り合いなのをいいことに、リアを利用しようとしたんだ」

「りよう？」

「うん。俺が魔力を買い叩かれたみたいにさ」

私はバートと面白いことが一緒にできるとしか思っていなかったので、その指摘にぽかんとした。

そんなふうには思いもしなかった。

「新しい結界箱を作るなんて、誰もやったことがないんだ」

「おとうさまがつくったのは？」

「あれは改良だな。半径三メートルの有効範囲は変わらないだろ」

だが、バートの言ってたことも改良ではないのか。

「バートが何を頼んだのかは俺たちも後から聞いた。バートが言っているのはつまり、有効半径を半分にした結界箱を作れってことなんだ。つまり、マールライトからして、半径三メートルの従来のものとは全く違うものを作らなければならない、と思うんだ。仕組みについては詳しくは知らないけどさ。俺の言ってること、難しすぎるか？」

「ううん」

私は首を横に振った。

そうだ、ユベールではないが、バートが欲しがっている結界箱には、つまり原器がそもそも存在しないのだ。

どう作るか決めるだけでなく、原器も一から作らなければならないし、誰に作らせるか、はたして流通させてもいいのか、すべてよく考えて対応しなければいけない。それに、そもそも成功するかどうかもわからない物に時間もお金もかけることになる。

「リアもニコ殿下も、自分のやるべきことがある。そんな時間もお金も使う、そして下手をするとキングダムから出しちゃいけない重大なことに、知り合いだからっていう理由だけで、手を貸しちゃだめだ。もちろん、頼むこと自体がもっと厚かましいと俺は思う」

アリスターが、尊敬するはずのバートにとても手厳しいのに驚く。だが、兄さまが無茶なことを言ったのは、それをバートにわからせるためだったのかと、初めて腑に落ちた。

「しおしおと戻ってきたバートに白状させて、皆でしっかり叱っておいたからな」

「ありがと、アリスター」

「自分を安売りするなよ、リア」

「うん」

だが、それはそれとして、アリスターの言ったことは頭の隅に留めておくつもりだった。

バートの希望は、要は、自分と竜を覆うだけの結界が欲しいということなのだ。

「さ、町歩きに行くといい」

私はアリスターに背中を押されて、こちらを見ていた兄さまのほうに歩き出した。だが、頭の中ではレースのことではなく、今、アリスターに聞いた話を考えるのに忙しかった。

「ひととりゅうのはいる、はんけい、いってんごメートルのけっかいばこ。へいみんの、まりょくのたかいひとが、つかいつづけられる、ませきのおおきさ。つまり、ちいさいませきをつかう」

トレントフォースにいた時も、シーベルに行く途中に第三王子に襲われた時も、そして今回竜に襲われた時も、夜だからという理由で犯人を追うことができなかった。そしてバートはそのすべてに立ち会った。

悔しさは積み上がる。使いやすい結界箱があればすぐ追いかけられたのにという、バートの気持ちもよくわかる。

そしてなにより、私自身の心が浮き立つのだ。

「リアには、じかん、たくさんある。それに、ニコがいて、ユベールがいる」

焦る必要はない。

依頼は、あれば受ける。

だが、依頼がなくても、自分で工夫して実験する分には自由だ。

キングダムに帰ってからの楽しみができたと、私は思わずニコリと微笑んだ。

「なにか楽しい話でしたか？」

「うん！」

バートの後悔はバートが責任を持てばいい。私はバートが自分の気持ちを整理するのを待つだけである。


クレストはレースの産地なので、二泊して中一日を見学に当てることにしたらしい。他国の産業を視察するという、とても有意義な一日となったようだ。

工房に見えたのはレースの倉庫で、基本はアリスターのお母さんのように、職人が自分の家で作ったレースを店に卸す形らしい。職人は男性女性、両方同じくらいいるという。

見学に行ったのはシーベル王室御用達の店らしく、嫌な顔一つせずに説明してくれた。

「編み図を指定する場合がほとんどですが、個人の技量で独創性のあるレースを納める方もいて、そういう品はこちらでも高く買い取りもしていますよ」

そうやってアリスターたちは旅の資金をためたのだろう。

「ですが、なかなか新しいデザインが入ってこなくて。お嬢さま、それにお付きの方」

一通りの説明が済むと、店長らしき人は目を光らせた。

「そのレースは、キングダムの物ですよね」

どうやら私とナタリーの服のレースに目を留めたようだ。

「キングダムの、というより、オールバンスお抱えの職人の手によるものです」

私はひっくり返りそうになった。オールバンスの衣装部なんて、趣味人の集まりかと思っていたので、そんな本格的なものだとは思わなかったのだ。

「さすがでございます。どうりで見たことのないデザインだと思いました」

そんなオリジナルのレースまで作っていたとは驚きだ。

兄さまもギルも興味深そうにレースの見学をしていて、特に兄さまは、似合うからとレースをたくさん持って来られて閉口しているのには笑ってしまった。だが、その後、ナタリーがそれらのレースを買い付けているのを見てしまったので、きっと兄さまに使われることだろう。

「キングダムにはクレストのレースは入ってきていないようだが、流通はどうなっているのか」

ギルは商売のほうに興味があるようで、真面目な顔で聞いているが、店の人はやはり丁寧に返事をしている。

「糸の産出量が限られているため、今のところウェスター内、主に西部での取引で精一杯で、とてもキングダムに卸すほどの量は確保できません」

「ふむ。ということは、糸さえあれば、増産は可能ということか?」

「職人を育てるのにも時間がかかりますから、すぐに、というのは無理でございます」

「なるほど」

そういえばリスバーンの家は、ウェスター方面担当だったような気がする。

お付きの人と一緒に、レースを品定めして買いこんでいるカルロス王子と、今後の商売を考えているギルとの違いが際立って苦笑いが出た。

既にシーベルでお土産は買ってしまったので、私は見学だけだったが、どうやらナタリーも、お店で注文していたほかにも生地やらレースやらを買い込んだようだ。その量からみて、オールバンスの衣装部のためなのだろう。ということはもしかしたら私が身に着けることになるのかもしれないなあと思い楽しみが増えた。ジャコモと違って、うちの衣装部のデザインはかわいくて着心地がいいからね。

そして二日目の夜、夕食後に宿の部屋で兄さまとくつろいでいると、トントンとドアを叩く音がした。

私は兄さまと顔を見合わせて思わず微笑んでしまった。

「夜の訪問者ですね」

「うん」

今日は誰だろう。

と思ったらバートだったので、兄さまが片方の眉を上げて部屋に入れていた。今日は珍しく、クライドだけが一緒に来ていて、それはちょっと驚いた。

「リア、すまなかった」

バートはいきなり頭を下げた。

「今までアリスターを利用しようとしてきた奴らと同じことを、俺はリアにしたんだ。本当に悪かった」

私は、このことについては、アリスターから事情を聞いた後でも、特に悪いことをされたとは思っていなかったので、どう返事をしていいか困ってしまった。

「リア」

クライドが重々しく口を開いた。

「バートに聞いたとは思うが、今、俺たちは、ハンターとは違う仕事もしている。ヒューのため、ウェスターのために働くということは、自分の腕一本で、自分の食い扶持を稼げばいいという今までの考え方とは違いすぎて、悩むことも多い」

確かに、その通りかもしれない。

「だが、その悩みも、努力も、限られた自分の力だけでどうにかしなくちゃいけないんだ。それが俺たち、辺境の民の矜持でもある」

結界に頼れない民。日のある間しか活動できない中で、しっかりと生活を営んでいる。

「俺たちの中で、誰よりも人の役に立ちたいと思うバートだから、今回暴走してしまったが、二度とこんなことはさせない」

「すまなかった」

バートはクライドと一緒に、また頭を下げる。

「気がついてくれてよかったです」

「ルークも、本当にすまなかった」

兄さまはほっとしているようだが、私はバートたちと距離ができた気がして少し悲しかった。

辺境の民の矜持。私はその対極にいる存在だ。

「リア」

バートは下げていた頭を上げて、私とちゃんと目を合わせてくれた。

「めちゃくちゃ反省しているし、もう二度とこんなこと言い出さないから、俺とまだ友だちでいてくれるか」

私はうんと返事をしようとして、ちょっと唇が震えてしまった。思わず出た言葉はこれだった。

「だっこ」

「ああ」

バートは手を伸ばすと私をギュッと抱きしめた。

「ごめんな」

「あい」

トレントフォースでは、家族だったではないか。少し古い木の匂いのする家で、一緒に暮らしていたのだ。私もバートの首に手を回した。

「なかなおり」

「してくれるか」

「うん」

こうして、バートの新しい結界箱を作るという依頼は、立ち消えになったのだった。

だが、依頼でなくても、実験をすることはできる。

「リア」

「ひゃい！」

バートたちが部屋から出て行った後、私は兄さまの声に思わず飛びあがってしまった。

「そのことについては、王都に戻ってからお話ししましょうね」

「はい……」

どうして考えていることがわかったのだろうかと、しょぼんとする私である。

第六章

ケアリー到着

その後もあちこちの町に寄り道し、時には虚族を眺め、カルロス王子に付き合って買い物もし、ケアリーに着くころには二週間ほど経っていた。

急に決まった旅のため、次に滞在する町には直前に使者が通達に行くという形にしていたので、時には宿が用意できないこともあった。だが、最初の頃に、強制的に虚族と向き合わされた一行にとっては、夜はもはや恐怖の対象ではなかった。

「あの夜の恐怖に比べたら、避難所にいられるだけでもありがたいです。というか、結界がありさえすれば、テントでも大丈夫になりました。テントの中にいられて幸せ、という感じですね」

あの時悲鳴を上げていたお付きの人が胸を張るが、本当に申し訳なかったと思う。最初からウェスターの夜に対応できていた私は、もしかしたら、少しばかり神経が太いのかもしれない。

ファーランドの一行も、キングダムの中でさえ野宿を嫌がっていたころの面影はない。

「寝心地は悪いが、だんだん慣れて気にならなくなってきた」

とはカルロス王子の言葉である。

そしてついに、ケアリーの町が見えてきた。街道には商人らしき人たちが行きかい、今までの町とはその規模が違う様子がうかがえる。

竜車に乗ってその様子を眺めながら、カルロス王子がヒューに尋ねた。

「もしかして、ケアリーはシーベルより大きな町か？」

「同じくらいだ。日中はキングダム内に出入りしやすいから、町の住人はそれほどでもないが、商人が多いな」

結界を挟んで、ケアリー南部がウェスター、ケアリー北部がキングダムにあるという、なんとも不思議な町である。ちなみに、南部と北部の町長は別であり、それぞれの国の者である。

「あえて知らせないように来たが、さて、どう出るか」

旅は急いだものではなかったので、たとえ先触れを出していなくても、旅人から噂が届いているかもしれなかった。

そういえば、兄さまたちは迎えを、カルロス王子一行はファーランドから護衛を、それぞれケアリーまで呼んでいたように思うが、もう来ているだろうか。背を伸ばしてケアリーの町を見ている私に、ギルが教えてくれた。

「なるべくゆっくり王都に行くようにと指示を出したから、迎えはまだ来ていないはずだよ。というか、ケアリー経由で帰りますと連絡しただけで、頼んではいないんだ。申し訳なかったけど、オッズ先生に頼んだから、きっとほどよい感じで帰ってくれると思うんだ」

ギルはおちゃめな顔で笑う。

私は今の今までオッズ先生のことを忘れていたことに気がついて、申し訳ない思いでいっぱいだった。ケアリーまでの道のりでは、勉強会もなかったから気がつかなかったのだ。どうりで人数が少ない気がしたわけだ。

「だって、そもそもこの旅には立派な護衛隊が付いてきてるんだぜ。ケアリーからはファーランド一行を護衛する必要もないし、人数は十分だ。ただし、王都側がどう思うかはわからない」

焦って迎えを寄越すかもしれないし、そうではないかもしれない。

「俺たちにとってはケアリーがウェスター滞在最後の町だ。ゆっくり楽しもうぜ」

忘れていたオッズ先生はもうしかたがない。切り替えていこう。

「リア、まどうぐのおみせ、みたい」

「ああ、寄ろうぜ」

私たちの旅はもうすぐ終わりでも、ファーランド一行にとっては、まだ旅は中間地点ですらない。大きな町で、ゆっくり体を休めるのもいいだろう。

「さてと、宿をとるか」

そんなことを言っているヒューに私は驚いた。

「ちょうちょうのいえ、とまらないの？」

トレントフォースからシーベルへの旅では、町の代表の人たちにぜひ泊まってくれと言われたものだ。王族をもてなすのが名誉でもあるし、もてなさないのは失礼に当たるという面倒くさい理由からである。

しかも、今回はケアリーの町長を探るという目的もあったはずだ。

「まあ、見ているといい。さあ、派手に行こう」

王族なのに華美な格好は苦手なヒューが、派手に行こうとは驚いた。それで今日は朝からいつもより華やかな服を着せられていたのか。

いつもひらひらしたシャツを着ているカルロス王子がふふんと胸を張った。

「私も何の役にも立てないが、派手なことと、人に迷惑をかけることについては自信があるからね。

任せてくれ」

「そんなことに自信は必要ありません」

兄さまが小さい声でぶつぶつと文句を言っているので、笑い出しそうで困る。

その兄さまが、文句を言わずに華やかな服を着ているので、私も我慢してひらひらの服を着ていたのだが、ちゃんと理由があったということだ。それならば、自分の役割はきちんと果たそう。

最初にラグ竜が数頭、護衛の人が警戒を兼ねて露払いである。その後に、竜に乗ったヒューとカルロス王子が並んで、それからニコと私が竜車に、その横で兄さまとギルが竜に乗って行進する。

私たちの姿がよく見えるように、兄さまたちはあえてラグ竜に乗っているのだ。

もっとも、派手にと言っている割に、旅の本来の人数より少ない気がする。なにより、アリスターやバートたちが見当たらない。

おかしいなと思いながら、町の手前の街道からゆっくりと進んでいくと、まだ町にはたどり着いていないというのに、あちこちに仮小屋のようなものがあり、薄汚れた服を着た人々が座ってこちらをぼんやりと眺めているのが見えた。子どももいる。

このような貧民街は草原の町では見たことがあったが、これほど規模が大きいのは、やはりケアリーが大きい町だからだろうか。仮小屋を見ると、それでもどこからか手に入れて来たのか、気休め程度にローダライトの赤い建材が使われていたりするから、多少なりとも虚族よけにはなっているのかもしれない。

胸が痛んだが、辺境の地で、私が口を出すことではない。

私は口を結んで、真っすぐに進む先を見つめることしかできなかった。町に近づくにつれて、

「第二王子のヒューバート様だよ！　珍しいなあ」

という声と共に、どんどん人が集まってくる。その時点で先頭の護衛は竜を降りて、手綱を手に取った。ヒューたちは竜に乗ったまま、その護衛に導かれるようにゆっくりと進む。

「あのお子様たちは？　紫の目、そして金……。ヒュッ」

息を呑む音と共に、私たちを認識した気配がする。

「キングダムの四侯だ！　そしてキングダムの王子様だよ！」

やけにキングダムを強調するその声のほうを見ると、旅の間よく見知ったお付きの人の顔が見えた。虚族を怖がっていた人たちが、人ごみに紛れている。

「あっち側は、ファーランドの王子様だってよ！」

その声に、カルロス王子が華やかに微笑んで、小さく片手を上げた。途端にキャーッという悲鳴のような声が上がったので、やはりかっこいいことはかっこいいのだろう。私は幼児だからわからないが。

ここまで来ると、ヒューが仕込んだということがよくわかる。お付きの人の数が少ないなと思っていたら、先行して町人のような顔で情報を流しているらしい。

おかげで、進むのが困難なくらい人が集まり、先頭の竜が止まってしまった。

「宿に行きたいのだ。前を開けてくれぬか」

ヒューの大きな声がする。

「町長のうちは、ここから右手の方向ですよ！」

親切な町の人が教えてくれ、右手に集まった人たちが大急ぎで避けてくれる。ヒューはふっと微笑むと、右手をすっと上げた。

「お忍びゆえ、町長には迷惑をかけられぬ。宿を探そうと思う。落ち着いた宿はないか」

確かに、今の行列は護衛も最小限で、こぢんまりとした集団ではある。それでもお忍びというにはかなり派手だと思うが、ヒューのその言葉に、町の人はガヤガヤ騒ぎながら、

「なら、金のラグ竜亭がいいですよ！　このまままっすぐ行って、右側にあります！」

と教えてくれた。と同時に、真っすぐの方向にさっと道が開いた。

「感謝する。幼子も一緒ゆえ、助かる」

ヒューが私たちのほうに振り返りながら慈愛の笑みを浮かべた。私はそのタイミングでそっとニコのほうに体を寄せた。ニコもそんな私に体を寄せて、そっとささやいた。

「どうした。おなかがすいたか？」

「ちがうもん」

ニコはこうだが、町の人は私たちを見て心配そうに叫んでいる。

「ああ、お子様たちが不安そうだぞ！　早く宿へ！」

勘違いなのだが、ヒューが礼を言って前に進もうとすると、右手のほうからラグ竜が数頭、走ってきた。巻き込まれないように町の人が逃げているのが見える。

「危ないですね、町中なのに」

兄さまが眉をひそめているだろう声がした。その竜に乗った人たちは、さっと竜から降りると、急いでヒューの前にひざまずいた。

「ヒューバート殿下とお見受けします。ただいま、わが主が参りますので少々お待ちを」

きびきびした動きは気持ちいいくらいだし、私は護衛隊やオールバンスの護衛で見慣れているので何とも思わなかったが、ハンスは違ったようだ。私たちの竜車の御者をやっていたハンスが小さい声でつぶやいたのが聞こえた。

「一介の町長なのに、すぐに動ける、よく訓練された私兵を持っているってことか。今までの町にはなかったことだな」

そのハンスの警戒した声に、私のお祭り気分はしゅっと縮んだ。ここまで気楽に来たけれど、もうほんのちょっと移動すればキングダムだ。それは心強いことでもあるけれど、自由な旅が終わるということでもある。

それに、これから、もしかしたらシーベルの民を傷つけようとした、あるいは王族を害そうとした悪い人と対決することになるのかもしれないのだ。

最後の最後、気を引き締めていかなければならない。

「わが主とは誰か」

ヒューが竜の上から問いかける声が聞こえた。そう言われてはじめて、主が誰とははっきり言っていないことに気づく。

「ここケアリーを代々治める町長、シルベスター・ケアリーです」

当然のことをなぜ聞くのかという口調だ。

「けっこうだ。忍ぶ旅ゆえ、ケアリーを煩わせるわけにはいかぬからな。さあ」

ヒューはあっさり断ると、竜の頭を宿のほうに向けた。

「お待ちを！」

断られるとは思っていなかった使いの者が、慌てて竜の手綱を取ろうとした。

「無礼な！」

その手は前方にいたヒューの護衛に跳ねのけられる。

「何をする！」

「こちらはウェスターの第二王子である！　勝手に手綱を取るでない！」

しずしずと町を進んでいたはずなのに、突然の緊張をはらんだ展開であった。

「お前たち！　無礼はいかん、無礼は！」

そこに急いだ様子で竜車が一台やってきた。

転がるように走り出てきたのはケアリーの町長である。

「ヒューバート殿下、驚きましたぞ。それにこれは……」

カルロス王子を見て目を見開き、竜車の私とニコを見てもっと驚き、兄さまとギルを見て何かを諦めたかのように目を閉じた。ということは、もくろみ通り事前に到着は知られていなかったということになる。

「いったい何をなさっているのか……。シーベル観光で十分でございましょう」

「なに、私が西回りでファーランドに帰りたいとわがままを言ったのだ。残りの方々は、いわば付き添いだな。ハハハ」

ケアリーの町長の失礼な言葉を気にした様子もなく、カルロス王子が愉快そうに笑った。

トレントフォース周りでファーランドへということを知られてもいいのかと私は思ったが、むしろ情報を公開したほうが、秘かに襲われることを防げるということなのだと思う。ケアリーから先はもう秘密にする必要などないのだ。

「目立たぬように来たゆえ、ケアリーに迷惑をかけるわけにもいかぬしな。これから手分けして宿をとろうと思っているところだ」

ヒューが爽やかな顔をしてケアリーの町長に答えている。

「迷惑でないとは申しませんが、私にとっては宿を取られたほうがより迷惑ですのでな。特にこのケアリーの地で、キングダムの四侯と王族をないがしろにしたとあっては、なんと思われるか。そうだ！」

町長はぽんと手を打った。

「キングダムの方々は、向こうのケアリーに滞在なさるといい。そして昼だけこちらに来てくだされば、安心できるというものです」

できればそのまま帰ってくれという気持ちが透けて見える。意図してではないのかもしれないが、言っていることはすべて失礼であると思う。

「そうか、それでは仕方がない。ケアリーに世話になるとするか。ニコラス殿下にも、四侯の方々にも、どうせならこちら側のケアリーをしっかり見てもらいたいからな。ケアリーよ」

ヒューはその失礼さを気にした様子もなく、提案はすっぱりと無視して、顔に笑みを浮かべた。

「突然の訪問で迷惑をかけるが、正直ありがたい。ではそなたの屋敷へ向かうとするか」

「え、ええ。光栄なことでございます」

そう言うしかないケアリーの町長は少し哀れでもあった。

そのまま私たちはケアリーの屋敷へと向かう。そして私はヒューのやり方に感心していた。

最初から滞在させろと言えば、迷惑に思われ角が立つ。だがヒューは、最初に宿に向かうと見せかけて、ケアリーの町長から招かざるを得ない状況に持っていったのだ。

つまり、ヒューは押しかけたのではなく、招かれたということになる。同じ滞在するにしても、有利な立場に立つことができたということだ。

そんなことを考えながら、通りを北に向かって進んだ先には、たくさんの人が行きかう大きな広場があった。

「この広場がケアリーの最大の特徴です、皆様」

竜車で先導していた町長が、竜車の窓からひょこっと顔を出した。そんなついでのような態度はとても無礼なのだが、だんだん慣れてきた私たちである。

「広場の半分から向こうがキングダムです。日中は自由に出入りできますな」

町長が指し示した広場の真ん中には物見のような小屋が門のように二つ立っており、そこが結界の境目を示す役割なのだろう。

「その日によって、微妙に結界もずれるのですが、それでもこの広場を大きくはずれることはありません。さすがキングダムといったところですな」

そしてこちら側にも、あちら側にも、だらしなく制服を着崩した兵が目立つ。そのなかに、ふとグレイセスがいたような気がしたが、違った。

「ごえいたい？」

向こうの兵の中には、見覚えのある制服を着ている者がいる。

「違いますね。あれは城の兵と同じ、国軍の制服です。しまったな。そういえばケアリーには国軍の駐屯地があるのでした」

兄さまがチッと舌打ちした。キングダムの王族が来ているとなれば、国軍も迎えに来ざるを得ないだろうということだ。そして簡単な広場見学が終わると、すぐに次の場所へと移動だ。

「そして、こちらから左に私のこぢんまりとした屋敷があります。ささ、どうぞ」

そうして連れていかれた屋敷は、とても小さいとは言えないものだった。キングダム側の結界ぎりぎりに建てられたそれは、少なくともシーベルで見たどのお屋敷より大きかった。

それを見て感心しているのがカルロス王子だ。

「おお、見事な建築だな」

「カルロス殿下、おわかりですか。もとは先々代がキングダムの職人を招いて作ったものですが、少しずつ増改築しておりましてな」

「そうだな。西棟のあたりの様式はキングダムの王都の貴族街で見たことがある」

「そうなんですよ。比較的新しい様式で、私の代でさっそく取り入れたのです。いやあ、話が合いそうですな」

変人は変人にお任せできることがなんとありがたいことか。ここのところカルロス王子に感謝することが増えたような気がする。

屋敷のすぐ左側には小さい駅舎のようなものがあり、屋敷の正面にではなく、そちら側に案内されて、私はちょっとワクワクしてしまった。

プラットフォームのように一段高くなった木の床に竜車を横づけにすると、竜車の階段から土で汚れることなく降りることができる。その木の床は、そのまま屋敷まで歩いて行けるようになっていて、しかも屋根が差しかけてあり、雨に濡れることもない。

その駅舎のようなところの奥には、鞍をつけたまま、あるいはかごをつけたままのラグ竜が何頭かいて、竜車も数台並べられており、出かけたい時に、用事の内容に合わせてすぐに出かけられる仕組みだ。

「これは素晴らしいですね」

思わず兄さまが漏らした言葉に、ケアリーの町長は嬉しそうに胸を張った。

「ここケアリーは、ウェスター中部の商業の中心地ですからな。早い対応が求められることも多いんですよ。先ほどのように」

ハンスいわく、私兵がやってきたのも速かったが、町長自身がすぐにやってこられたのも、このように竜や竜車が用意済みで屋敷のすぐそばにあったからなのだろう。

「後でここの造りを見学させてもらいたいのですが」

「もちろん、かまいませんとも」

兄さまが興味を持ったのが嬉しいのか、町長はご機嫌である。

その後、屋敷に案内されたら、シーベルで会った息子のカークもいて、その隣にはお母様らしき人が立っていた。二人ともにこやかな笑みを浮かべている。

私はニコの手をつかむと、たたっと走り出して、二人の前で止まった。息子は顔見知りだが、その隣の人は、口元や目元に年相応のしわはあるものの美しく、急な客が来ても慌てないくらいきちんとした身なりの人だった。私は思わずこう言った。

「きれい」

「まあ。なんとおかわいらしいことでしょう。お二人とも、こんなに小さいのに、旅はつらくありませんでしたか」

「だいじょうぶ」

「なんということはない」

私が手を伸ばすと、子どもに慣れているのか、自然に私を抱き上げてくれた。世のお母様はすべて私のお母様のようなものだ。

「母さん、前にお話ししたのを覚えてる？　この方が私を助けてくれた、リーリア様だよ」

カークは母親に私を会わせるのが嬉しいようで、言葉が弾んでいた。四侯と紹介せず、自分を助けたと紹介してくれるカークの言葉が嬉しい私である。カークのお母様はまあと言って唇を震わせた。

「その節は息子が本当にお世話になりました。本当にひどい怪我で、命さえ危ぶまれたほどでした」

「このあいだ、ちゃんとおれい、いってもらった」

抱っこされながら言うのもおかしなことではあるが、そうして私たちは挨拶を交わした。

「それから後になってしまいましたが、この方がキングダムの王子、ニコラス殿下です」

お母様は私をそっと下ろすと、ニコに淑女の礼を取った。

「かまわぬ。せわになる」

ニコも抱っこしてもらうのかと思ったが、手も伸ばさず、普通に挨拶を受けていた。そういえば、ウェスターにいた時も城では誰にも抱っこされていなかった。私より先に、幼児から一歩抜け出してしまったのかもしれないと思うと、少し寂しい。

「カーク、イルメリダ。金の殿下と淡紫の姫だ。失礼のないようにな」

町長の言葉に、イルメリダと呼ばれた女性はかわいらしく口を尖らせ、すかさず言い返した。

「あなたが一番失礼だったと聞きましたわ」

「参ったな」

それで起きた笑い声がきっかけでいっそう和やかな雰囲気になり、すぐに部屋が用意されると、歓迎のお茶会が開かれ、落ち着いたところでお屋敷を隅々まで案内された。

よほど自分の屋敷が自慢なようだ。

「せっかくいらしたのですから、明日は町の側の観光地の見学などどうですか？　町の南に小さいですが湖がありましてな。あるいは町の見学をするなら、そちらも案内いたしますぞ」

時折、失礼な言動が顔をのぞかせることもあったが、突然訪問したにもかかわらず、思いもかけず歓迎され、至れり尽くせりの対応をしてもらった。

前に海辺の町で会った時とも、シーベルで会った時とも、まったく印象が違って戸惑うくらいだった。

カルロス王子とケアリーの町長はどうやら話も合うようで、いったん部屋の割り振りをした後、お茶に招かれてからも和やかに話を続けていてとても助かる。

しかし、最初こそ失礼だったが、この和やかな様子や、なんの迷いもなく屋敷に私たちを入れたということは、シーベルを襲わせた犯人ではありえないのではないかという気もする。

迷惑そうではあっても、なんの後ろめたさも罪悪感もケアリーの町長からは伝わってこないからだ。

急ごしらえと思えないほど豪華な夕食の後、それぞれの客室についた浴室で湯を使わせてもらった後、やっと落ち着いたという感じだ。

「確かに魔道具はありますが、各客室に浴室付き。客人が多いとはいえ、一介の町長が豊かなものですねえ」

部屋に戻った途端、兄さまが皮肉げに口に出した。

「リアもトレントフォースの町長の屋敷でお世話になったのでしょう？　やっぱりこんなふうでしたか？」

「ううん」

私は首を横に振った。

「アリスターのおやしきより、おおきかったけど、そのくらい。まちのひとを、きょぞくからまもるための、おおきなへやがあった」

「ここは虚族が出ても、キングダム側へ走っていけばいいだけですからね。命の危険がある時にまで罪に問うことはありませんから」

結界の側の町ならではの不思議さである。

「さて、リア。どうでしたか？」

「うん。ふつう」

私たちの会話が何を言っているかというと、町長や屋敷に怪しいところはなかったのかという確認である。

「わたしも怪しいところは何も見つけられませんでした」

「じゃあ、わるいひとじゃ、ない？」

「それはどうでしょう。ちょっと確かめてみましょうか」

兄さまは、私を持ち上げて応接セットのソファに座らせると、口に人差し指をそっと当てた。それからおもむろに部屋の入り口に向かい、何も言わずドアを開けた。

そこには、屋敷の警護の人が立っていた。シーベルの城でさえそれはなかったのに、厳重なことだとびっくりした私である。

「所用があり、ヒューバート殿下のところに行きたいのだが」

「申し訳ありません。殿下はお休みとのことで、なるべく部屋の移動はお控えくださいますよう」

「ではギルバートのところへ」

「警護の関係で、明日にしていただけると助かります」

「そうか」

兄さまはバタンとドアを閉めた。

「無理を言えば通りそうですが。夜は分断して、話し合わせない作戦か。そういえば昼も歓迎しているように見せかけて、私たちだけで話し合う時間はまったくありませんでしたね」

兄さまは少し下を向いて何かを一生懸命考えている。

「屋敷も隅々まで案内されました。まるで何も怪しいところはない、というかのようでした」

「なかったよ？」

私もニコと子どもらしく走り回って確認したのだ。もっとも、ラグ竜で結界箱を狙わせたという証拠など、いったい何を探せばいいのかわからなかったので、単純にお屋敷を楽しく見学しただけなのだが。使用人の態度も穏やかで礼儀正しいものだったし、特になんの不満もなかった。

「完璧すぎるんですよ」

兄さまの目つきは厳しかった。

「急な来客には多少慌てた様子があるものです。オールバンスの家でさえ、最低限で回しているからとはいえ、やはり焦りますしね。しかし、家族から使用人まで、そして屋敷の隅々まできちんとしているとなると、逆に不自然なんですよ」

そんなものだろうか。

「こうなったら、いやがらせに何日も滞在して、なにか問題が起こるのを待つのも手ですね」

「いやがらせ」

兄さまの口から出てくるとは思えない言葉である。

「とりあえず、閉じ込められているのは癪ですね、リア」

普段はいったん客室に入ると、出ることなどほとんどない。だが、出られないとなると出たくなるのはなぜだろう。私は兄さまの意味ありげな言葉にすぐに大きな声で答えた。

「うん。リア、きゅうにニコに、あいたくなった」

「なかよしですからね」

兄さまはドアの側にいたハンスに合図した。

「はっ」

ハンスはかっこよく返事をすると、すっとドアを開けると、ドアのところの護衛に話しかけた。

「おい」

「なんだ」

私はそのハンスの足元からすっと廊下に出て、走り出した。

「ニコ！　ニコ！」

「あ！　お嬢様！」

「リア様！　待ってくださいー」

私の大きな声と護衛やハンスのしらじらしい声で、閉じた客室の向こう側がざわざわとし始めた。

そしてあちこちのドアが開いては、ドアの前の護衛に説得されてまた閉じた。だが、私は顔を出した人を全部チェックした。最後に顔を出したのがニコの護衛である。さすがに私を無視はできなかったようだ。ニコは、客室棟の突き当たりの一番広い部屋にいるようだ。

「リーリア様。いかがなさいました」

「リア、さみしい。ニコにあいたい」

とととっと走っていってニコの部屋の前にいた屋敷の護衛を見上げると、しぶしぶと通してくれた。

「ニコ！」

「リア。どうしたのだ」

広い部屋に護衛とニコとお付きの者だけ。慣れていると言っても、これは少し寂しい。

だが、いまはそんなことを考えている場合ではない。兄さまと打ち合わせたわけではないが、今すべきことはニコに伝言することだ。

「ニコ。にいさまから、でんごん。よる、ぶんだんされてる」

「よる、ぶんだんされてる」

ニコは丁寧に私の言葉を繰り返す。

「きちんとしすぎて、ふしぜん」

「きちんとしすぎて、ふしぜん」

「いやがらせに、なんにちもたいざいするべき」

「リア、それはどうなのだ」

どうなのだと言われても、兄さまが言ったことをまとめているだけだ。

「リアじゃない。にいさまがそういってた」

「だがな」

ニコはむうっと腕を組んでなにか考えてる。

「ニコ、ここ、さみしくない？」

「なれている。さみしくなどない」

「ヒューといっしょに、ねたくない？」

「べつに」

きちんとしたお子様はこれだから困る。私はなんとか伝えたくてぴょんぴょんと跳ねた。

「けいごのものおおすぎて、にいさま、へやからでられない」

ニコは目を大きく見開いた。

「リアは出ているのに？」

「ちいさいから、でられた」

「なるほど。つまり」

ニコは腕を組んだまま閉じた扉のほうを眺めた。

「きちんとしすぎて、ふしぜん。よる、ぶんだんされる。いやがらせに、なんにちかたいざいするべき。でんごんは、ヒューに。それでいいのだな」

「うん！」

ニコが完璧に理解してくれた。

「ニコラス殿下。まさか」

おののいている護衛に、ニコが言い放った。

「さみしいから、ヒューのへやでねたくなった」

「そんな馬鹿な。城でもいつも一人でお休みではありませんか」

「いいから、ドアをあけよ」

ニコの言葉に、護衛はがっくりとしてドアを開けた。ニコはけっこう強いのだ。私たちは護衛の足元からするりと外に出た。

「あ！　殿下！　お嬢様！」

ドアの前の護衛が叫んでいるが、ニコは気にせずスタスタと歩くと、廊下の真ん中で止まった。

「ヒューバートどの！　わたしはさみしくなった！　ひとりではつまらぬ！　いっしょがいい！」

少し大きな男の子なら恥ずかしくて言えない言葉だが、ニコは堂々と大きな声で叫んだ。

「ニコラス殿！　大丈夫か！」

ヒューの部屋が大きく開いて、護衛が止める間もなくヒューが廊下に出てきた。

「へやが広すぎてねられぬ」

「では、私の部屋にきますか」

「おねがいする」

そうして堂々とヒューの部屋に行ってしまった。

「リアも！　兄さま！」

そう叫ぶと、私たちの部屋の護衛が走ってきたので、私は右手を差し出した。護衛は迷ったが、私と手をつないでくれた。

「お嬢様。夜は危ないですからもう外に出てはいけませんよ」

優しい小言に、私はうんと頷き、

「あい。わかりまちた。あと、おてあらい、いきたい」

と答えた。護衛は私を抱え上げると急いで部屋に連れ帰ってくれた。ミッション完了である。

部屋に入り、ドアが閉まった途端、兄さまとハンスが声を出さずに笑い転げているのが納得できないのだが。仕方なく私は、ぴしっと片手を上げた。

「リア、おしごと、かんりょうしました」

なぜもっと笑い転げるのか。笑いのおさまった兄さまがやっと褒めてくれた。

「明日になれば、私たちだけで話せる機会はきっとあるでしょうが、それでもリアが伝えてくれたことはきっと役に立つでしょう」

「うん。それにね」

私は兄さまに胸を張った。

「ニコ、ひろいへやにひとりきり。なれてるっていってたけど、きっとさみしかった」

本当のところはわからないけれども。

「ヒューといっしょなら、きっとたのしい」

「そうですね、いいことをしましたね、リアは」

「うん」

旅に出てからもう一か月以上たつ。私は兄さまがいるからいいが、ニコはお母様に会えなくてそろそろ寂しいかもしれないなあと思ったりもするのだった。

ギルもヒューも、きっと兄さまと同じことを考えついていたと思う。けれども、少なくともヒューは、兄さまが前日に伝えたことによって、次の日、つまり今日という日にどう行動するかをあらかじめ考えることができたのではないか。

だが、ケアリーの町長は、想像より優秀だったと言わざるをえない。

もともとこの旅は、カルロス王子がトレントフォース周りで帰りたいから立ち寄った、つまりカルロス王子をもてなすための旅なのである。そうと聞いた町長は、カルロス王子を観光に連れて行くという名目で、自ら一日中、ケアリーの案内に回った。

そうなると、自然とヒューもニコも同席することになり、ついでに私たち四侯もということで、内密な話などまったくする暇もなかった。とはいえ、私自身はしょせん伝言板のような役割しかできない幼児である。そういう面倒くさいことはそもそもお任せしているので、小さい湖も、魔道具店のいろいろな魔道具も、とても楽しく見学することができた。

そして、さすがに次の日もこれでは、詰め込みすぎで嫌だなあと思っていたところ、私たちキングダム組にはとても都合の悪い出来事が起きてしまった。

「わあ、ごえいたい、いっぱい」

「いえ、国境の国軍の兵ですね」

四侯と同じく、護衛隊も軍も基本的にはキングダムの外には出られないことになっているはずだ。だが、さすがに手に届く距離のウェスターで自由に振る舞っている四侯をそのままにしてはおけないということになったのだろう。

というより、迎えに来てほしいと、ケアリーの町長が手を回したのに違いない。

到着後三日目の朝、町長の屋敷には、キングダムの国軍の兵士がやってきた。

「おお、自国の兵の皆様がやってきてくださって、キングダムの皆様はご安心なことです。名残惜しいですが、お迎えも来たことですし、これでお別れですかな」

残念そうに左右に首を振る町長を見て、手を回したという推測は確信に変わった。

駐屯地の隊長と思われる、少しだらけた感じの人が、一歩前に出てきた。年のころは二〇代後半だろうか。濃い金髪に緑の瞳のその人は、キングダムの貴族にしては魔力が少なかった。その目は私たちを一人一人確認するように移動した。

夏青の瞳、淡紫の瞳、そして金色に輝く瞳。

辺境の地、こんなにいっぺんに王族と四侯を見たのは初めてだったのだろう。思わず何かを飲み込むかのように喉が上下した。だが同時に、幼い私たちを見て、その目に侮りが浮かんだ。

「シーベルにニコラス殿下と四侯の跡継ぎが招かれたという話は聞き及んでいますが、まさかケアリー経由で戻ってこられるとは思いもよりませんでした。王都からもまだ何の連絡もありませんし。まま、たいていのことがいきなりなんですけどね、ここは」

兄さまがかすかに身じろいだ。私たちがシーベルから出発して二週間以上たっている。ギルは使者にゆっくり戻るように指示を出していたが、王都には到着したとしても、そこからケアリーまで来るのに時間がかかっているのだろう。

「さ、もう十分遊んだでしょう。お迎えに参りましたよ。そのままブラックリー伯爵の屋敷まで送りますから」

私たちがその人に当然付いていくものと考えていたなら、肩透かしを食らったことだろう。私たちは、まるで目の前に誰もいないかのようになんの反応もしなかったからだ。

「えっと、その、殿下。それに四侯の皆様方……」

町長があたふたしているが、私たちは動かない。

私はそういえばタッカー伯がシーベル方面で、ブラックリー伯がケアリー方面と国境を接していたなあと、オッズ先生の地理の授業を思い出していた。

すると、先ほどの隊長らしき人が苛立たしげに一歩前に出てきた。

ギルはそれを無視して歩き去ろうとした。

「お待ちください！　勝手は許されませんぜ」

兵が移動して私たちの進路をふさぐ。私たちを守るはずのキングダムの国軍によって、町長もおろおろするほどの緊張がその場に張り詰めていた。

ギルも兄さまも、それでも無視を続けているので、ここは私が出るしかない。私は兄さまが止める間もなく一歩前に出た。さて、どう呼びかけたらいいものか。

「おじさん」

「おじさんじゃねえ！」

「おじさんじゃないっていうひと、だいたいおじさん」

「くっ」

いけない、つい低レベルの争いをしてしまった。

私は、両手を前で組むと、ちょっともじもじして見せた。

「リア、おとうさまに、いわれてるの」

そう話しかけたら、返事をしないわけにはいかないだろう。

「なにをですか」

「しらないひとに、ついていっちゃだめ」

「は」

国軍の制服を着ていれば、それで素性は知れるから、たいていのことは通ってきたのだろう。

呆気にとられたその人は、状況を理解したのか、急にぴしっと姿勢を正した。

「申し上げます。私はアンディ・レミントン。キングダム国軍、国境警備隊の隊長です。キングダムの王族、四侯の保護、確保の要請を受け、やってまいりました」

先ほどまで隊長をいないもののように無視していたギルが、静かに口を開いた。私の予想通り、ちゃんと名乗らなかったのが駄目だったのだろう。こういう大人が相手の場合、兄さまではなく、ギルが前に出てくれる。それにしても、レミントン、多すぎない？

「そうか。アンディ・レミントン。私はギルバート・リスバーンだ。して、その要請はどこからどう受けている」

「はっ」

国境警備隊のアンディは、素直に命令の出先を語った。

「シルベスター殿からです」

「ケアリーか」

シルベスターとは誰だろうと思ったら、思わずヒューが漏らした一言で理解できた。が、その町長は額に手を当てている。自分が呼び込んだのだと知られたくはなかったのだろう。

「ふむ。先ほどでは王都からは何もないと言っていたが、本当に何もないのか」

「ええ。国境警備隊といっても、俺たちはケアリー中心に警備するのが仕事なんです。殿下方がシーベルを訪ねているという噂も、本国ではなく、シルベスター経由で聞きました」

ケアリーの町長とは名前を呼ぶくらいに仲がいいのに、キングダム本国については心証がよくない、そういう印象を受けた。

「そうか」

ギルはそう答えると、表情も変えずに言い放った。

「では、キングダム側のケアリーで待て。戻りたくなったら連絡する」

それで話は済んだと言うように手を横に払った。私たちキングダム組はそれをきっかけに動き出し、屋敷を出て竜車の方向に向かおうとした。

「お、お待ちください！」

アンディが声を上げると、警備隊の面々は私たちを取り囲むように集まってきた。

「指示に従っていただきます！」

そのゆるっとした集まり方を見て、あまり訓練もしていないんだろうなと感じた。国境警備隊とはいったい何をやっている部署なのだろう。

「なぜだ？」

心底不思議そうなギルの質問に、アンディはぐっと詰まった。

「王族と四侯は基本的に国境を越えてはならず」

「我らは成人していない。越えてはならぬという決まりに従う理由はない。しかも、既に国境を越えているが、その許可は監理局から出ている。いつ帰るかは、我らが決める」

ギルはきっぱりと言い切った。

「帰るときは連絡を入れる。キングダムで待て」

ギルの強い視線を受けて、警備隊はしぶしぶと引き下がった。

「いやあ、キングダムからお迎えが来たのでは、お戻りになったほうがいいと思いますがねえ」

意外な展開だったのか、町長が額に汗をかいて焦った様子が見えた。だが、ニコの一言に何も言えなくなった。

「めいわくか」

「は、いえ」

迷惑に決まっているだろうが、キングダムの王子にそう聞かれて、迷惑だといえるほど強者ではなかったようだ。

「では、カルロス殿下が出立するまで、共に世話になる。感謝する」

ギルは決定事項だというように宣言すると、お礼まで言った。それから警備隊にちらりと目をやった。

「どうしても気になるというのであれば、ケアリーにいる間も護衛すればよい」

付いてくるのまでは止めないということだ。

「名乗りもせぬものを信用できるはずもないと知ることだ」

鮮やかに屋敷を立ち去った私たちを追いかけてくる気力のある者はいなかったようだ。

とはいえ、そもそも護衛隊は王都から一緒に付いてきている。

「今後どうするか、話し合ってきてはどうだ？　いちおう、お利口にここで待っていてやるから」

竜舎にたどり着いた時、真面目な顔でギルに言われて、付いてきた護衛隊の代表が屋敷に走って戻っていった。

私は一連の流れを感心しながら眺めていた。

ギルは確かに傲慢な物言いをしたし、ケアリーの町長には現実的に迷惑をかけている。だが、監理局はあくまでキングダムの結界を守るために四侯と王族の護衛をしているわけで、成人していない四侯の行動を制限する権利はないのである。

「わたしはもどってもよいが。じゅうぶんにたのしかったぞ」

ニコは周りの迷惑を気にする子だから、そんなふうに言える。それにギルがにっこりと答えた。

「俺もだよ。別にいつ戻ってもいいんだよ、ほんとは」

「いや、それじゃあなんであんなことを言ったんだ？」

これはつられて一緒に出てきたカルロス王子である。というか、ファーランド一行もウェスター一行も一緒だ。

「俺たちの行動は、俺たちが決めます。早く帰ってほしいという理由だけで、連れ戻されたくありませんからね」

「それにしてもまったくアレだな」

ヒューが困ったようにつぶやいた。久しぶりに町長の手の者がいないので、少しは自由にしゃべれそうだ。

「ええ、まったくアレですね」

「あとは町に出た者たちが頼りだが」

町に出た者と聞いて、ようやっとアリスターたちがいないことにピンときた。そういえば、ユベールもいない。町の宿に泊まって、独自に調査しているのだろう。

もっともユベールなら魔道具店に入りびたっているかもしれないと思う。

「ウェスターでは、夜の犯罪の検挙率は極端に悪いからな。こんなに大掛かりな事件なのに、当日追いかけられないということが、証拠隠滅の元になる。虚族に襲われる危険と引き換えだから、そもそも犯罪はそこまで多くはないのだが」

いちおう残りの護衛隊もその場にいるので、みんなとても曖昧な話し方をしている。

「この二日間で、主要な建物は見学できた。国境を挟んだ広場も観察できたし、十分実のある滞在となったと思う。だが、早竜で伝言したはずなのに、うちの国から何も言ってこないのが気になる。単に間に合っていないのだとは思うが」

ファーランドにはトレントフォース周りで帰ること、できれば護衛を数人足してほしいことを伝えたはずだ。

「それを待ってから出立と思っていたが、ここまでの旅は問題なかったしな。先に行って後から追いかけてもらえばいいか」

「そうだな。もう二日くらい様子を見て、そのくらいで出発するか」

もともと、少しでもケアリーの調査ができればいいというくらいだったので、そこまで頑張る必要はないのである。

「普段態度の悪いケアリーに、面倒をかけたと思えば、これからの無礼に多少は耐えられる気もするよ」

ヒューがちょっと悪い顔をしているので、普段よほど嫌な態度だったのだと偲ばれた。

「そうとなったら、今日は町の南側の建物を見学してくるかな」

ここにきて意外と精力的に視察をしているカルロス王子である。

と思ったら、話しに行っていた護衛隊の代表が、国境警備隊をぞろぞろと連れて戻ってきた。

「本国にお戻りになるまで、警護に付きます」

ぼんやりケアリーで待つわけにはいかないのだろう。最初の余裕はどこへ行ったのか、必死そうだった。

「では付いてこい。竜車に乗れる人数だけだぞ」

こうして、なかなかファーランドからの護衛が合流しないまま、それから二日ばかりを過ごすことになった。正直に言うと知らない人がいつも付いてくるというのはものすごくストレスがたまる。

「リア、ひとりがいい。ニコとふたりでもいい」

お屋敷でも付いて回られるので、本当にうっとうしい。常にお付きの人がいることに慣れているとはいえ、それはナタリーやハンスであって、知らない人ではない。さすがの私もちょっと爆発しそうである。

だが、そこに救いの手が現れた。

「リーリア様、ニコラス殿下、こちらへ」

最初の日、挨拶してから、それなりに仕事で忙しそうだった町長の息子のカークが、自分の執務室に招いてくれたのである。

「子どもには子どもだけで夢中になれる時間が必要です。旅の間とはいえ、こんな状態では息が詰まるでしょうから、私が仕事をしている間、少しの間でもいいから、好きに部屋を使ってください」

カークは兄さまにちゃんと許可を取って、私たちを連れ出してくれた。息が詰まる私を見かねたのか、ハンスもニコの護衛も、部屋のドアの外で見張りに立ってくれることになった。

「わあ、ひろい」

一階の竜舎よりにあるその部屋は、日当たりがよく、ゆったりしたソファと大きな鉢植えの緑が配置され、執務室というより温室のようだった。

「俺の足が寒いと痛くなるので、父さんがわざわざ改築してくれたんだ。ここは休む用の部屋で、執務室はそっち。さ、ソファに座って。おやつを出してくるから」

ここは続き部屋になっているらしく、カークが指したほうには入口とは違うドアがあった。いきなり口調が変わったので驚いたが、こちらが本来の姿なのだろう。助けた時と比べたらずいぶん立派になったと思っていたが、怪我をしていた時は、確かにこんな普通のハンターのような口調だったのを思い出す。

カップの置いてある棚をごそごそすると、カークは言葉通り、ジャムののっているおいしそうなクッキーを皿にのせて出してくれた。カップに出てきたのはただの水だったけれど。

「俺、お茶入れるの下手だから、水でごめんな」

テーブルを挟んで向かいに座ったカークは、クッキーを食べるように勧めてくれると、ぽつりぽつりと話し始めた。

「若造には贅沢な部屋だよな。俺だけ生き残って、こんな生活してることに感謝しなければならないんだけど、時々何もかも嫌になって投げ出したくなることがあるんだ」

私はその告白に驚いてカークを見上げた。

「こんな口調、不敬だよな。でも、こっちのほうが自分には自然でさ」

「べつに、かまわぬ。とがめるものは、このへやにはいないぞ」

ニコが気にするなとクッキーを持った手と反対の手を振った。そもそも、ギルもアリスターも、ニコにはそんな口調だ。

「父さんはさ、俺が怪我をして、思うように動けなくなったことが本当は嬉しいんじゃないかと思うんだ」

そんな話を幼児にされても困るが、私たちはクッキーに次々に手を伸ばしながらふんふんと頷いた。ここには食べすぎではと目を光らせているお付きの人はいないのだから。少なくとも、警護の者に付きまとわれているよりは、知り合いの若者の悩み相談を聞くほうがまだましである。

「ハンターだったころは、好き勝手に出歩いて、父さんの言うことなんか聞かなかったからさ」

自立の早いこの世界では、一〇代後半の若者は親から離れて働くのが普通であり、カークの行動は庶民なら何の問題もない。

「助かってからは、父さんに、ハンター仲間が死んだのは誰のせいだと、それを償うためにはケアリーの町のために働くべきだとそればかり言い聞かされてまじめにやってきたんだけど、たぶん」

それは、シーベルで自分でもそう言っていたなと思い出す。

「父さんは死んでしまった俺の仲間のことなんて本当はどうでもいいんだ。俺が言うことを聞くから、そう言っているに過ぎない。そういう人なんだよ」

なかなか暗いものを抱えているようだ。

「だから、小さい君たちまで、父さんのせいで閉じ込められているのが、なんだか嫌になったんだ」

「そうか。たすかる」

ニコがもっともらしく合いの手を入れた。

「さて、俺は本当に執務室で仕事をするから、ここで好きにしていていいよ」

「ありがと！」

お礼を言った私にニコッと笑うと、カークは本当に執務室に行ってしまった。少しはすっきりしたのならいいのだが。

これでこの部屋には私とニコの二人きりである。私はソファから降りると、お高そうな絨毯の上に大の字に寝転んだ。普段ならこんなことはしないが、人目があって緊張していたからか、だらけたことがしてみたくなったのだ。

ニコも私を注意したりせず、同じように隣に寝転んでいる。

「ひとのめには、なれているつもりだったが、つかれたな」

「うん。いちにちじゅうは、つかれる」

働きすぎの疲れたサラリーマンのようだなとおかしくなった。大きな窓から日が差し込んでぽかぽかする。そろそろお昼寝の時間なので、油断すると寝てしまいそうになるが、せっかくの一人、いや二人時間、もう少し頑張って遊びたい。

「あー、おひさま、あったかい。あれ？」

「どうした、リア」

「あったかいんだけど、ほっぺにつめたいかぜがくる」

私はぐるりとうつぶせになり、ハイハイで風の来る方向に進んでみた。鉢植えの間を進んでいくと、まるでジャングルの中を匍匐前進しているみたいだ。冷たい風は、どうやら隙間風のようで、窓のほうから流れてくる。

「ここだ」

「なんだ、これは」

私たちは、窓ではなく、窓の下の壁に付いている小さいドアに首を傾げた。ドアノブも付いているが、おとぎ話のドワーフ用くらいの大きさだ。

「おしてみよう。おっ」

ニコがドアを押すと、ドアは上からぶら下がっているみたいにゆらゆらと揺れた。よく見ると上が蝶番で固定されており、ドアノブは偽物だった。

「もしかして、ねこがでいりするところ？」

猫や犬という愛玩動物がいることは知っていたが、オールバンスは竜を主に飼っているからか、猫も犬も身近にいたことがないので、自信はない。

「わたしもこのようなドアは、はじめてみたから、わからぬ」

「じゃあ、どこかにねこがいるのかな」

もしかして、この世界に来てから初めてモフモフに触れるかもしれないと思うとわくわくした。

ドアを見てみると、頭を入れると向こう側が見られそうなくらいには大きい。

「ねこ、いるかな？」

私は猫のように、ドアを頭で押して、ちょっとだけ外をのぞいてみた。

「いない」

丁寧に手入れされた庭が見えるだけだ。外とつながっているここから冷気が入ってきていたのだとわかって満足した私は、それから、頭を引っ込めようとした。

「えっと、ニコ」

「なんだ、リア」

「あたま、ひっかかった」

「なんだと」

戻ろうとしても、なぜか後頭部に引っ掛かる。私は慌てた。

「ど、どうしよう」

「おちつけ、リア」

ニコが私の肩と小さいドアをパンパンと触ってみている。

「うん。リア、いったん、そとに出るといい」

「むり。せまい」

「いや、リアのかたならドアからぎりぎり出られる。そしたら、こんどはもどってきたらいいではないか」

「なるほど」

実は問題は肩ではなくお腹ではないのかと思ったりするが、私はイモムシのようにもぞもぞと動いて、なんとかドアの外に出ることができた。だが、肩にかけていたラグ竜のポシェットははずれてしまった。仕方ない、戻ったらまた肩からかければいい。

「じんせい、さいだいのききだった」

嫌な汗をかいてしまった。私はほっとして屋敷の壁の外に体をもたせかける。しかしほっとしている場合ではなかった。

「リア、もどってこい」

ニコが小さいドアから頭をひょこっと出した。

「ニコ……」

「む、もどれぬ」

そりゃそうだろう。私は早く戻ればよかったと後悔した。

「しかたない、ニコもそと、でよう」

ニコは私と違ってするりと出てきた。ぷくぷくしているはずなのに、なぜどこも引っ掛からないのか。

「ああ、おどろいた」

「リアもおどろいたよ」

二人で外の壁に寄りかかって、空を眺めた。晴れているが、少し出ている雲が重い感じがするのはまだ寒い季節だからだろう。

「さむい」

私はぶるっと震えてしまった。

「もどるか？」

「うん」

「キーエ」

私はニコと顔を見合わせた。

「いま」

「ラグりゅうのこえがしたぞ」

同時に右手を見ると、少し行ったところに竜舎が見えた。

「そうか、カークのしつむしつは、りゅうしゃのそばだったな」

「ねこのためかも。ねこ、わらとかすきだから」

私たちは立ち上がった。その小さいドアから元に戻らなければならないのだが、何故か体が動かない。

「キーエ」

ニコが竜舎のほうを見た。

「なあ、リア」

「うん」

「ちょっとだけ、りゅうをみにいかないか」

「いく！」

幸い、あたりに人はいない。私たちは竜舎に走っていった。

「キーエ！」

「キーエ！」

小さい子。

いらっしゃい。

竜舎に入ると人は誰もおらず、その代わり、つながれていた竜が数頭いてとても歓迎された。私たちは手前の乗り降りするところを乗り越え、かごをのせられている竜のところに行って、その顔を抱えるようにぽんぽんとし、ラグ竜の匂いを吸い込んだ。猫は見つけられなかったけれど、ラグ竜の乾いた温かい匂いを嗅いでいるとなんとなくほっとする。しばらくすると、ラグ竜がまた鳴き出した。

「キーエ」

「キーエ」

小さい子、群れに戻りなさい。

私たちは、これからお仕事なの。

「お仕事？」

既にかごが付いているところを見ると、この荷物をどこかに運ぶのだろう。

その時、がやがやと人がやってくる気配がした。

「まずいな」

ニコがきょろきょろと周りを見渡している。その目が隅の荷物の影をとらえた。

「あそこのすみにかくれよう」

「キーエ！」

だめよ。

久しぶりに竜に止められてしまった。

「りゅう、リアたち、みつかりたくないの」

「キーエ……」

それならね。つかまって。

「え？」

いきなり、私とニコの前に別の竜の頭がにゅっと突き出された。

「つかまる？」

「キーエ」

仕方がないので竜の頭にギュッとしがみつくと竜は私を持ち上げて、小さくキーエと鳴いた。

降りて。

思い切って竜の頭から手を放すと、私はぽすりと何かの上に落ちた。

それは竜につけられているかごだった。中にはいろいろな物が詰まっているが、一番上はシーツか何かのようだ。

私たちが竜舎の隅に隠れるのは心配だが、自分たちの荷物の中なら大丈夫ということなのだろう。

どうしようかと考えている間に、ニコが反対側のかごにぽすりと落とされてしまった。

「さあて、久しぶりに下屋敷だな」

「ああ、客人がいたおかげで面倒な仕事をしないで済んだのにな」

その時いきなり竜舎の入口に人が現れたので、私は思わず頭を引っ込め、できる限りシーツの間に潜り込んでじっとしていた。なるべく端のほうに寄るのも忘れない。ニコは大丈夫だろうか。

「今回はかご二つか。ま、主役はこっちだがな」

声はどんどんと近くなり、主役ってなんだと思う間もなく私の上に荷物がどさっと落とされた。

端っこに寄っていてよかった。

「ファーランドからの貴重な土産だとさ。何かの宝石らしいぜ。あとはキングダムの魔道具」

「アデル様に渡すのが待ちきれないんだろうよ。せめて客人が帰るまで待てばいいのに、奥様もおかわいそうになあ」

私はシーツの中で頭を抱えた。

話をつなぎ合わせるに、どうやら下屋敷というところには、ケアリーの町長がお土産の宝石を渡したい、アデルという人がいる。奥様がかわいそうということは、おそらくその人は、町長の特別な人なんだろう。つまり、浮気だ。

そんな話は聞きたくなかった。

「さあ、じゃあ出発だ」

「おう」

だが話を聞きたくないとか言っている場合ではない。もしかしたらと思っていたが、やはり竜が動き出したではないか。

「どうしよう。にいさまがしんぱいする……」

ラグ竜は意外と上下に揺れず、乗り心地はいい。しかも、シーツと荷物に挟まれ、なんとなくいい感じにおさまっている。いつもならお昼寝する時間だが、頑張って起きていた私は、竜の揺れに負けて、いつの間にかすやすやと眠ってしまっていた。

「キーエ」

起きて。

「リア、おきるのだ」

「うあー」

私は自分の体温でぬくぬくの布の中で目が覚めた。挟まる感じがなくなっているので、上に置かれた荷物はどかされたようだ。振動もないことから、竜からかごが外されているんだろうなということがわかった。

私はおそるおそるシーツの間から顔を出した。竜の左右に振り分けられるかごは二個セットになっている。もう一つのかごから、ニコがぴょこりと顔を出していた。

「ニコ」

「しーっ。リアがねているあいだに、どうやらもくてきちについたようだ。しもやしきといっていたか」

私はあたりを見渡してみた。竜がいて、乗り降りする台のある造りは、町長の屋敷の竜舎と同じだ。ただし規模はだいぶ小さい。下屋敷がどこにあるかはわからないが、ずいぶんお金をかけているということはわかった。

私の周りには同じような竜のかごがいくつも置かれているから、ここは荷物の一時置き場だとわかる。

「どうしよう」

「うむ。こまったことになったな」

竜車の外からは、にぎやかな気配がするから、ここはきっと町のどこかなのだろう。

「かごにいたら、もどれるかな」

「むりだな。にもつをいれかえるだろうからな。おっと」

ニコは頭だけ出していたかごからにょろりと抜け出した。

「かごにいてもしかたがない。リアも出てこい」

「うん」

出てこいだけでなく、手も差し出してくれるニコ、紳士である。

よっこらせと抜け出した私を、ニコは別のかごのところに引っ張ってきた。そしておもむろにかごに手を伸ばすと、リンゴを二つ、取り出した。

「ほら。おやつだ」

「でも」

これでは泥棒になってしまう。

「なに、あとでしはらえばいい。ひるねのあとは、リアはおなかがすくだろう」

私はニコの思いやりに感謝すると、なるべく陰になるところに座り込んで、しゃりしゃりとリンゴを食べ始めた。

リンゴを食べ始めたら、元気が出てきて頭が働き始めた気がする。どうしようなどと自分らしくない甘えたことを言っていたのは、おなかがすいていたせいだとわかった。

「もどれないなら、みつけてもらおう」

「ルークにか。ということは、あれをやるのか？」

「うん」

あれとは何か。結界である。私一人でも届くとは思うが、隣にはニコがいる。下屋敷がどんなに町長の屋敷と離れていても、必ず届くはずだ。

「でも」

私はしょんぼりと下を向いた。

「ぜったい、しかられる」

「うむ」

旅に出てから、兄さまに叱られてばかりのような気がする。

「だが、しらせないと、ルークがしんぱいするぞ」

「うん。わかってる」

あきらめて顔を上げたとたん、人の気配を感じ、さっとかごの陰に身を隠した。

竜に乗って来た人が台のところで降りて、そのまま右手のほうに歩いて行った。

「りゅうしゃといえ、つながってる?」

「それなら、わたしがみてこよう」

待ってという間もなく、ニコがするりとかごの隙間を抜けていったかと思うと、すぐに戻ってきた。

「どうやらとなりのいえとつながっているようだ。あいだにはせまいみちがあって、そこからまちのとおりがみえたが、まちにぬけだすか? じっとしているのもつまらないし」

私は、ニコと二人で町に出ることを考えてみた。大騒ぎになって、町長の家に連絡が行くだろうが、そのほうが早く帰れる気もする。

「うん。そうしよう」

「では、そのまえに。小さいけっかいでいいな」

「うん」

同じケアリーの町なら、それで十分届くだろう。

「けっかい」

「けっかい」

二人で向き合って作った結界は、ふわんと広がって消えた。そして、数秒もしないうちに、ふわんと別の結界の気配がした。

「にいさまと」

「ギルのけっかいだな。このはやさは……」

「ぜったいしんぱいしてる……」

そんなに時間が経っていないことだし、気づかれていない可能性もあると考えていたのだ。そして催促するようにもう一度結界が来た。

「うう」

「けっかいをかえすぞ」

これでおそらく、兄さまが助けてくれることはわかった。だからここでじっとしていればいいいいのだが。

「どうせしかられるのなら」

「リア……」

ニコがあきれたようにため息をついた。

「わかっている。どうせめいわくもかけるのだ。まちに出てみるか。なに、おつかいしているふりをすればよい」

「それ！　さいよう！」

私は感心してニコを眺めた。

「では、つうろはむこうだ。行こう」

「いこう！」

とてとてと屋敷につながっていそうな通路に向かう。竜車を出ると、屋根はあるものの吹き抜けの路地になっていた。先を見ると、にぎやかに人や竜車が行きかっているのが見えた。

「よし、このままあっちに行こう。おや」

二人で町のほうに向かおうとしたら、通りから路地のほうに二人組がふいっと入ってきた。フードの付いたローブを着ており、顔は見えない。しかし、うつむいていた二人組が顔を上げてこちらに気づいた。

「まずい」

「うん」

私とニコは向きを変えた。すれ違ったら絶対、なぜここにいるのか聞かれるだろう。それは嫌だったのだ。

「おい！」

声に聞き覚えがあるような気がしたが、その人がどうやら隣の人に止められている隙に、私たちは竜舎ではなく、隣の建物に入った。幸い、誰もいない。

「こうなったら、どうどうと、いえのけんがくをさせてもらおうか」

この旅に出てから、ニコの神経がどんどん太くなっている気がする。

「う、うん」

私たちは何食わぬ顔で通路から顔を出すと、そこは倉庫になっており、ここにいったん荷物を運びこむようだ。倉庫の向こう側からはいい匂いがし、ガチャガチャと鍋や食器の音がしている。厨房だろうか。

「ごはん」

「まだそんなじかんではない。行くぞ」

その合間にも、兄さまから定期的に結界が送られてくるので、ニコと二人で結界を返している。魔力量の多いキングダムだったら、皆が結界を感じて大騒ぎになっていたところだ。

ご飯の気配に背を向けて、別の通路を歩きだすと、すぐに使用人とすれ違った。

「お、おい。お前たち」

私たちは手をつないでにっこり笑った。

「こんにちは！」

「こんにちは！」

そしてスタスタとそのまま歩き出す。

「客か？」

そう思わせるのが目的である。コツは堂々としていることだ。

「大きいやしきだな」

「うん。りゅうしゃ、そうこ、おおきいだいどころ、あるいてもあるいてもつうろ、あ」

そんなことを言っていたら、階段があった。これはもう、上がるしかない。おそらくこれは使用人用の通路で、掃除や荷物を運ぶのに使うに違いない。階段を上がり切ると、そこは二階の突き当たりだった。

「ろうかのじゅうたん、あかーい」

「てんじょうにそうしょくがあるな」

せっかく来たので、あちこち眺めながら歩いていると、また使用人らしき人に出会ってしまった。

ちょっと執事っぽいので、そろそろ年貢の納め時だろうかと思いつつ、

「こんにちは！」

「こんにちは！」

とにこやかに通り過ぎようとした。うまくいけば儲けものである。

「いや、待ちなさい。親御さんはどこかな。今日は客の予定はないはずだが」

さすが執事っぽい人だ。鋭い指摘である。困って見上げたら、その人の目が大きく見開いた。

「本宅の、あ」

何か言いかけて慌てて口を閉じると、動揺しているのか目が泳いでいる。どうやら私たちの正体を知ってしまったようだ。こんなにかわいい幼児二人組もそういないだろうから、仕方がない。

私は執事がなにか口にする前にと大急ぎで口を開いた。

「アデル、どこ？」

「アデル様にご用でしたか！」

執事の頭の中で、今この瞬間、勝手に話ができあがったのを感じた。本宅、つまりケアリーの町長の家にいるはずのキングダムの王子と四侯の娘がなぜここにいるのかと不審に思ったら、この屋敷の主であるアデル様の名前を知っていた。すなわち、本宅のお館様が、アデル様に会わせようと連れてきたに違いないと。

「ではご案内いたします」

なぜ誰にも気づかれずに二階にいたのかとか、お付きの者はいないのかとか、アデル様に会わせる

わけがないとか、そもそもケアリーの町長がいないとか、もっと気にするべきところがあるだろうと私はちょっとあきれてしまった。

「リア」

「はい。ごめんなさい」

あきれたようにニコに名前を呼ばれて、私はすぐに謝った。

よく考えたら、せっかく執事に見つかったのだから、うっかり迷子になって困っていますと助けを求めればよかっただけなのだ。口だけ回る幼児が自ら余計な事態を引き起こした、今はそういう状況であった。

執事はそのまま二階の廊下を進み、広い吹き抜けの少し手前で立ち止まると、ドアをトントンと叩いた。

「アデル様、クレメンスです。本宅からお客様がお見えです」

「まあ、入ってもらって」

若い女性の声がする。私たちはドアを開けてもらったので、中に入らざるを得なかった。

「いらっしゃい、シルベスター。あら？」

中にいたのは、珍しい赤毛に宝石のような緑の瞳のきれいなお姉さんだった。ほっそりとした女性で、落ち着いた色だが、高級そうなドレスを着ていて、年の頃はフェリシアよりは何歳か年上という感じだ。私がぽかんと口を開けてその女性を見ていると、ニコがすかさず挨拶した。

「しつれいする。わたしはニコラス・キングダム」

私もぽかんと口を開けている場合ではない。すかさずきりっとした。

「リーリア・オールバンスでしゅ」

きりっとしきれなかったようだ。

「ええと、いったいなにが」

焦るアデルに、部屋の隅に立っていた人が両手を広げて見せた。挨拶をしろと、そういう仕草だろう。さっき通路で会った人のような気がするが、フードを深くかぶったままのため定かではない。私たちとは別の通路から来たのだろう。それを見てハッとしたアデルは、ぎこちないながらも淑女の礼をした。

「アデルと申します。殿下、姫」

「うむ。くるしゅうない」

私はごほっと噴き出すところだった。くるしゅうないなんて初めて聞いた。それも自分の友だちの口から出るなんて、衝撃すぎる。

「もうしわけないのだが、みちにまよってしまった。むかえが来るまで、ほごをたのみたい」

「まよったのですか。なぜ、いえ、どうぞおくつろぎくださいませ」

なぜ道に迷った者がこの部屋に案内されているのか、いろいろ思うところはあったかもしれないが、アデルは素直に頷いてくれた。

私はニコの機転に感心するしかない。行き当たりばったりの自分に反省だ。

その時、部屋の隅に控えていた二人組が、頭を下げたまま部屋を出て行こうとした。私は邪魔にならないように一歩よけて、何気なくその人たちを見上げた。

フードから見えた口元が、なぜか記憶の片隅を刺激する。

「だいさんおうじ？」

ぽろりとこぼれ出た言葉に、口元がニヤリと上がったように見えた。私がそれ以上何を言う暇もなく、その二人はさっと部屋から出て行ってしまった。

「ニコ、いま」

私が慌ててニコに声をかけようとした途端、今閉じたドアがバタンと開いた。

「リア！」

「にいさま」

気がつくと私は兄さまに抱きしめられていた。

「殿下。ご無事ですか」

「うむ。もんだいない」

隣ではニコがギルに無事を確認されている。その後ろから焦った顔でヒューが入ってきて、私たちを見てほっと胸を撫でおろしたようすだ。

部屋の入り口にはハンスが鋭い瞳で控え、私とニコを守るようにニコの警備の者たちが壁を作っている。だが私は兄さまの腕の中で必死にもがいた。

「にいさま、いま、サイラスが！　サイラスがいた！」

「まさか」

兄さまは抱きしめていた私を体から離すと、確かめるように私の目を覗き込んだ。

おそらくいつもと違う、動揺した顔をしていたのだと思う。兄さまはキュッと唇を引き締めた。

そこのギルが冷静に声をかけてくれた、

「もしかしてさっきすれ違ったフードをかぶった二人組か？　怪しい気配がぷんぷんしていたが」

「それ！」

兄さまは瞬時にくるっと振り返った。

「ハンス！　行け！」

「はっ！」

いつもなら、俺はリア様の護衛だからと言って離れないハンスが、一瞬の間もなく飛び出していった。時間との勝負だと知っているからだ。

ヒューもその後指示を出して、何人もの人をあちこちにやっていた。

「ご婦人。今出て行った二人組について何か知っているか？」

「は、はい。サイラスとシーブスといって、出入りの商人です。顔に傷があるからといつも深くフードをかぶっていますが、お話が面白くて。商売のついでにこうして寄ってくれるのですが、あの、なにか」

「偽名ですらないのか。なめやがって」

いきなり幼児が迷子だとやってきて、そのすぐ後にノックもなくたくさんの人がなだれ込み、よくわからないことを追及されたアデルは、どうしていいかわからず戸惑いを隠せない。

「なんですかかな。いきなり竜で飛び出したかと思えば、なぜここに。ニコラス殿下の捜索はどうなったんです」

「ああ、シルベスター！」

やっと頼れる人が来たと思ったアデルが、迷うことなく階段を上ってきたケアリーの町長の胸に縋りついた。

「アデル！　皆様方、いったいこの部屋で何をなさっているのですか！」

浮気相手の部屋に全員集合したら、そりゃ焦るし怒るよねと一瞬思ったが、ここ数日かぶっていた、温厚な町長の仮面がはがれたなとも思ってしまった。

兄さまは立ち上がると、私の背中に手を当て、静かに、前に押し出した。ギルも同じで、守るようにニコの後ろに立つ。

「この部屋に、殿下とリアがいたからですが、なにか」

兄さまの声が低く地に響いた。

「そんな、なぜここに……」

「わたしたちのほうが知りたいとは思いませんか、シルベスター・ケアリー。あなたの胸に縋るその女性の部屋に、なぜリアがいたのか」

ニコもですよと兄さまに言いたかったが、兄さまの目は完全に据わっていて、口を挟める状況ではない。

「それに、サイラスと名乗る怪しい男が逃げていきましたが、それについてはどう思いますか？」

「サイラス……？　ああ、ラグ竜の商人か」

町長の顔には、なぜそのことを聞くのかわからないという表情が浮かんでいたが、兄さまは皮肉を交えて追及し続けた。

「おやおや、商人ですか。くしくも、キングダムを襲い、リアとニコラス殿下を監禁した、イースターの第三王子と同じ名前ですねえ」

「違う！　いや、名前が同じだけの商人だろう」

「リアが見覚えがあると言っていましたが、つまり襲われたリアが間違っていると、そう言いたいのですか、ケアリー」

兄さまが何か言い募ろうとした町長に手のひらを向けた。それだけで町長の口は止まってしまった。

「そのような幼い者が覚えているわけがない？　そうですね、リアはまだ一歳の頃の、あなたの無礼な態度を忘れませんでしたよ？」

町長の目が兄さまから私に下がった。私は胸を張って静かに町長を見返した。

「父さん！　リーリア様と殿下は見つかったかい！」

その時、アデルの部屋にはまた客人がやってきた。

カークは、私とニコの顔を見ると杖を投げ捨て、ほっとしたように両膝をついた。

「俺が君たちを放っておいたばかりに、怖い思いをさせた。見つかってよかった、本当によかった」

「ごめんなさい」

こうして心配してくれるカークには、私は素直にごめんねと言えた。

「いいんだ。本当に俺が悪かった。父さん、見つかってよかった、え？」

カークが目に涙を浮かべながら町長を見上げた。

「その人は……。アデル？　なんで君がここに？」

アデルはうつむくとそのまま顔を町長の胸に埋めた。

「俺が怪我の治療をしている間に、別の町に行ったって聞いた。ハンターやって仲間を死なせるような俺じゃあ、捨てられても仕方がないって思ってた、のに」

町長の顔に汗が浮かんでつーっと落ちた。

そして最後の客人がやってきた。

「シルベスター。幼い子どもなら、私の手が必要かと思って来てみましたが、これはどういうことと？」

「い、イルメリダ」

本宅の奥様がやってきた。私は内心でひぃっと悲鳴を上げていた。

ちょっと護衛が多すぎて、うっとうしいと思っただけなんです。

かわいい猫がいたら、見てみたいなあと思っただけなんです。

私は困った顔のニコと顔を見合わせた。

「すまぬ」

「ごめんなさい」

とりあえず、謝っておこう。

「ケアリーの問題はケアリーが片付けるとして、とりあえずニコラス殿下とリアが見つかったのは幸いだった。この二人はすぐにケアリーの屋敷に連れ帰れ。事情はそこで聞く」

さすがのヒューが、収拾がつかなくなっているその場をなんとかまとめてくれた。

「その前にリアと、ニコ、そこのお嬢さん、それからケアリー。今追手を出してはいるが、サイラスについて聞かせてくれ。それからそこの」

「はい！」

クレメンスと呼ばれていた執事が、慌ててやってきた。

「サイラスという、ラグ竜の商人と名乗っていた者について知っていそうな者を集めてくれ。もちろん、お前にも話を聞く」

「承知いたしました！」

ばたばたと話が決まっていく中、私とニコは、サイラスらしき人が路地に入ってくるのを見かけたこと、それで慌てて屋敷に入って、偶然入ったアデルの部屋で再会したことなどを交互に説明した。

「見間違い、ということはないか」

ヒューの確認に、私は首を横に振った。

「ある。めまでは、みえなかったから。でも」

私はヒューを見上げた。

「ちがうかもしれない。でも、それ、なんかいもあった。はんにん、けっきょく、サイラスだったでしょ」

今までだって、サイラスについてはあやしいと言い続けてきた。だが、誰も確信が持てず、うやむやにした結果、王都が襲われることになった。

「じしんがなくても、リア、いう。とてもだいじだと、おもうから」

「わかった」

ニコは顔までは見ていないので、サイラスかどうかはわからないという。

「では、二人はケアリーの屋敷に戻っていてくれ。いや、まあ」

ヒューはどうしようもないという顔で苦笑した。

「ケアリーの屋敷も、大変なことになっていそうだがな」

私はぶるりと体を震わせた。

よそさまの家の秘密を暴くなど、誠に申し訳ないとしか言いようがない。

それから私はニコと一緒に兄さまに連れられて、しょんぼりと家路をたどった。

「ラグ竜のぬいぐるみが落ちていなければ、あんなところに小さなドアがあるなんて気がつきもしませんでしたよ」

「カーク、ねこ、かってないの？」

「飼っていたのは幼い頃だったので忘れていたそうです。それなら改築した時に閉じてしまえばいいものを」

兄さまが苦々しそうにそう言った。

「あたまをだしたら、もどらなくなったの」

「当たり前です。でも」

兄さまは思わずブフッと噴き出した。

「あそこのドアに、リアとニコ殿下が順番に挟まってあたふたしていた様子が目に浮かんで、おかしくてたまりません」

「うう……。でも、リア、ニコがはさまってるのは、みた」

小さいドアから頭だけ出ているのは見たのだ。

「リアよ。それならわたしは、リアのくびからしたがはさまっているのをみたぞ」

「ハハハ！　本当におかしい！」

兄さまが大声で笑い転げている。珍しい光景に、なんだか私も面白くなって笑ってしまった。

「はあ、笑い事じゃないんですが、おかしすぎて心配していた気持ちがどこかへ行ってしまいましたよ」

兄さまが元気になったのならいい。

「なんだか町長の家もごたごたしてきたし、サイラスの件が片付いたら、おうちに戻りましょうか」

「うん。おとうさまにあいたい」

お父様のことは、楽しい時は思い出さないのに、困った状況の時だけ思い出して懐かしくなるのはなぜだろう。

「長い旅でしたね」

「たのしかった」

「たのしかったな」

面倒なことは人に任せて、さっさと帰る気満々の私たちであった。

《了》

特別収録

かわいいのか、そうでないのか

「そわそわすんなよ、ヒュー。リアが来るからってさあ」

「うるさい。そわそわなどしていない」

仮にも王子の私をヒューとあだ名で呼び、からかってくるこの男はミルという。自身がハンターであるということは譲らないが、それ以外の時は、王子として身動きが取れない私の代わりをこなすかのように動いてくれる。

ミルだけではない。バート、キャロ、クライド、そしてアリスター。

トレントフォースからいやいややってきた五人は、今や心許せる仲間になってしまった。

四侯の夏青の落とし子がウェスターのクレストにいるという驚くべき情報をつかんでから、その動向はずっと追っていた。西端のトレントフォースに行ってしまったのは誤算だったが、キングダムの結界の恩恵を受ける特殊な町に落ち着けたことにはほっとしていたのも確かだ。

だが、いるとわかっている四侯の血筋を放っておくのは危険すぎた。何かがあった時に、ウェスター側が知らなかったでは済まされないからだ。

キングダムに帰すにしても、ウェスターで暮らさせるにしても、いずれにしろ王家の目の届くところにいてもらわなければ困る。そのため何度も使者を送ったが、アリスターはトレントフォースからは離れないし、トレントフォース側も王家の意向を怪しむ始末で、いずれ直接迎えに向かわねばと思っていたところだった。

そこに、四侯の娘がウェスターにさらわれたとの情報が来て、私たちは頭を抱えた。

キングダムの揉め事はキングダムの中で済ませてくれと思ったとしても仕方がないと思う。

勝手にこっちの国に逃れ出ておいて、ウェスターは何をやっていたと言われても困る。そもそもキングダムが何をやっていたのかという話だ。

詳しい情報をつかもうにも、さらわれたのはケアリーより西、ばたばたしているうちに、拾ったハンターたちと共にトレントフォースにたどり着いたという情報には思わず胸を撫でおろした。

だが、同時に、大がかりな集団がトレントフォースに向かったという情報もあり、それならばいずれ迎えに行くはずだったアリスターと共に、四侯の娘も保護しようではないかという話に落ち着いたのだった。

その頃ちょうど、シーベルを覆う結界箱の運用に行き詰まりを感じていたこともあって、いずれアリスターが成人したら、それを打破するきっかけになるのではという期待もあった。

キングダム側の失態でこちらが迷惑をかけられているのだから、少しくらいこちらに利がある形で、結界箱の運用を手伝ってもらおうと兄上が言い出した。その代わりとして、四侯の幼い二人を保護するからと。

だから、相手を尊重して、なるべく優しく連れて帰ろうと思っていたのだ。

トレントフォースの近くまで来て、彼らの様子を見るまでは。

一番近くの町に泊まり、とりあえず様子を見に行かせたら、町民に守られながらも屈託なく暮らしているという。それならばと思い、自ら見に行ってみたら。

仲間と共に笑い、夜になればローダライトの剣を握り、虚族を狩るアリスターは生き生きとして何の苦労もなさそうで。

親の顔など忘れたかのようにニコニコと楽しげに暮らすリーリアは、自分のためにオールバンスがどれだけ苦労して捜索しているかも知らぬようで。

こんなのんきな二人のために、キングダムと交渉し、シーベルを離れここまでやってきたのかと思うと、哀れみなど消え去り、怒りばかりが身の内に沸いた。

自分がアリスターの年には、結界箱の復活に真剣に取り組んでいる兄を支えたくて、勉強に剣に魔力訓練と、寝る間も惜しんで過ごしたものだ。王子として上に立つため、仲間とはしゃいで笑い合うなど考えたこともなかった。

王族として民のために立つ、そのためにも兄を支える、そう生きてきたのだ。

だが、甘やかされた四侯の血筋よと思った自分こそが、甘ったれた王子だったということを、その後すぐに思い知らされることになる。

交渉の場に臨んだ四侯の血筋二人とハンターの四人は、私が思うより冷静な態度で、まずそこに驚いた。

しかし、リアは私を見ると、

「おとうしゃま？」

と呼び、すぐに違うとわかって泣き始めた。

この幼子は、父親を覚えていたのか。

遠くからトレントフォースで楽しく過ごしている幼子を見て、親の気も知らないでとこぼした私に、子どもの世話係に連れてきたドリーは言った。

「ヒューバート様。リーリア様はまだ一歳ですよ。せっかく懐いてくれている自分の子どもが、数日仕事で家を離れただけでもう顔を忘れて泣くんだ、なんてことは、この頃の親ならだれでも経験することです。ましてさらわれてもう数か月。もしかしたら、何もかも忘れて、この地でハンターたちを本当の家族だと思って暮らしていてもおかしくはないんですよ」

ドリーは私の乳母で子育て経験者でもある。兄上の子どもを思い出しても、確かにこの年の頃は、仕事で城をあけるたびに人見知りで泣かれていたような気がする。

「リーリア様は生まれた時にお母様を亡くしたと聞きました。そのうえ父とも兄とも引き離されて、いつまでもそのことを覚えていたら悲しすぎて、心がいくつあっても足りませんよ」

そんなものかと思っていたが、リアは確かに覚えていたのだ。

ウェスター王家の濃紫の瞳と金髪が、オールバンスと似ているということは知っていた。オールバンスの劣化版と揶揄されることもある。だが、本物のオールバンスを見たことがなかった私は、だからどうしたとしか思えなかった。珍しい色、それだけだ。

だが泣き止まぬリアを見て、せめて全く違う色だったら、期待を持たせずにすんだかもしれないと、初めて思った。そして、淡紫がどんな色なのか初めて知った。

慌てた私は、思わずこう口に出した。

「まれに見る賢い子だという噂だったが」

と。

瞬時に硬くなる空気を察して、悪手だったと後悔したが遅かった。

完全に敵対する雰囲気に入ったのはハンターだけではない。

一人椅子に座る私を見て、皆に椅子を寄越せと主張するリアのせいで、私がこの場で一番身分が高いという有利さはあっという間に覆された。

その後も足はぶらぶらさせるし、テーブルはバンバン叩く、食事には先に手を出すで、やりたい放題のリアに私のペースは崩されっぱなしだった。

泣くし騒ぐし、話は聞かず菓子をもぐもぐしているしで、話す対象はアリスターだけでよいかと存在を忘れかけた頃、その考えはあっという間に覆された。

アリスターは責務を果たせと揺さぶることができた。一方で、リアは何もわからないだろうからと、ハンターたちを説得することにしたのだ。

だがリアは理解した。理解して一瞬で決断した。アリスターに迷う時間を与えるため、そして自分が父親に一刻でも早く会える可能性があると判断したからだ。

買い被りすぎだろうか。頬に菓子のくずがついた幼子が、そんな決断を本当にしたのだろうか。

名残惜しそうに菓子を見ているから、菓子を包んでやれと言ったら目をキラキラさせたリアに、少しだけ仕返しをしたくて、

「私にはお礼はなしか？」

と言ったら、にっこりと笑って、

「ありがと」

と返ってきた。くっ。かわいくないこともないではないか。

かわいいのか、かわいくないのか。

賢いのか、賢くないのか。

リアの評価は私の中で、天秤のように上がり下がりする。

服がチクチクすると騒ぎ、ラグ竜を変な音ではしゃがせる。

ドリーに反抗し、おやつを隠し持ち、落ちた食べ物は拾って食べる。

幼児と子どもを連れての旅などどれだけ時間がかかるかと思っていたら、ふと気がつくと大人と同じ速さで進んでいた。

つまり、実際はまったく手がかからないのだ。面白いだけで。


そして私の中の天秤は、あの事件をきっかけに完全に傾き、動かなくなった。

そうだ。リアを狙った襲撃事件だ。

何者かが付かず離れず後を追っているのには気がついていた。狙われるとすれば、山と海に挟まれ逃げ場所のない難所、あそこしかない。

そして警戒していたのにもかかわらず、やはり襲撃はあり、リアはさらわれてしまった。その時の恐怖は、四侯の血筋という貴重なものが失われるという理由からではなかった。ただあの、平原ネズミのように愛らしい生き物が失われてはならぬと、そればかりが頭に浮かんだ。

結局、我らの助けがなくても自力で逃れていたリアを見つけた時は、ほっとするとともに犯人に対する怒りが湧いた。

仮にもウェスターの第二王子を、ウェスターの中で襲撃するとはいったいどういうことが。しかし、シーベル周辺ならいくらでも動けるが、ケアリーより西側では手の者はいない。

結局、犯人を捕まえることはできなかった。

あの事件を仕方なかったと言い切る一歳児だが、よく考えるとなぜ夜に一人で逃れられたのか、不審なことが多すぎる。問い詰めた結果、保護者のハンターたちが、リアには自分で結界を張れる力があると白状した。

その時の衝撃は忘れられないし、思わず漏らした自分の言葉は、今でも覚えている。

結界を張れる力はあくまで付属。

夜明けが近く、結界箱を持っている利点を生かせなくなった時、敵が撤退せざるを得ないことを踏まえ。

自分の力を最大限生かせるよう、敵を欺き、山側に逃げる判断力。そして虚族の群れる中一人で耐える胆力。

しかも、小屋にいる全員を守った決断力。

お前、何者だ、と。

淡紫の瞳が傷ついたように揺れた。

「りーりあでしゅ」

と静かに答えたリアには、自分は自分でしかないという、悲しみと誇りが込められていたように思う。

それからシーベルまで、短いような長いような旅を続けた。

思いもかけない経験をして、共に過ごして、わかったことは一つ。

リアはリア。かわいいだけの幼児。ついでにちょっと賢い。

それでいいではないかということだ。

キングダムに戻り、一安心してからも大きな事件に巻き込まれたリア。

あの時リアを襲った犯人は、リアの言った通りイースターの第三王子のサイラスで、キングダムの城に侵入し結界箱を壊した。

壊した瞬間こそわからなかったが、シーベルまで何度も届いた力強い結界が、キングダムに何かあったのではという不安を抱かせた。案の定それは、リアとニコラス王子、そしてルークとギル、四侯のものだった。

不安は的中し、リアはニコラス王子と共に、また苦難を乗り越えてきたという。

リアとアリスターを介してキングダムとつながりを持った私たちウェスターは、同じ辺境のイースターのがわに立つことなくキングダムの味方についた。そしてウェスターよりは少ないながらも虚族のいるイースターで活動できるよう、私が援軍を率いて参戦した。

結局は、オールバンス侯の護衛を任され、国境際でイースターとキングダムを行き来しながら警戒に当たる日々だった。

だがもとより、イースターが勝つとも思っていなかったし、抵抗したとしてもキングダム側に出る被害は軽微だろうと思っていた。だからこそ、キングダムについたというのもある。

そこで私は、四侯というものを初めて知った。

もちろん、リアやルークを見ていたから、その父親が並々ならぬ人物であるだろうと思ってはいた。

だが、存在からして違った。

ウェスターとはいえ私は王族で、身分からいっても、四侯よりは上。

それなのに、彼自身が王のようで、思わず膝を折りたくなる。

だが、しばらく見ていると、事務仕事と指示出しで大忙し。手を止めて、

「ルークとリアに会いたい」

とため息をついているただの父親でもある。

この人だったから、リアは忘れなかったのだ。

ある意味、キングダムの王都から最も遠い場所であるトレントフォースにいても、きっと父親が来てくれると、あきらめなかった。

そんなディーン・オールバンスとは、リアを通じて仲を深められたと思う。

そして人はもっとわがままに生きていいと学んだ。

王都に向かい、最後にキングダムで見た時は、リアはもうよちよち歩きは卒業して、元気にとてとてと走り回っていたが、それからまた何か月か経つ。きっともう少し大きくなっているに違いない。

それからまた数か月が過ぎ、ついにリアをシーベルに招くことができる。
リアなら、夜のシーベルを目を輝かせて楽しんでくれるだろう。
民が喜ぶのを見て、一緒に笑うのだ。
なにより、きっと、
「ひゅー！」
と叫んで駆け寄ってきてくれるに違いない。
さあ、竜の影が見えてきた。
この時の私は、またリアと一緒の旅が始まるなんて思いもしなかった。

《特別収録・かわいいのか、そうでないのか／了》

あとがき

『転生幼女』八巻を無事お届けすることができてほっとしています。七巻から引き続きの読者の方、そしてウェブ連載から来てくださった方、作者の他作からの方、そしてご新規の方も、手に取ってくれてありがとうございます。カヤと申します。

ここからはネタバレもありますので、気になる方は先に本文へどうぞ。

リアはもっと小さい頃から、明かりの魔道具に興味を持ったり、自分で結界を作り出したりしていましたが、その時からリアは、魔道具を作る道へ進むんだろうなという漠然とした思いがありました。実際は王家に巻き込まれた幼児生活で忙しく、そんな時間はありませんでしたが、リアを狙うものがいなくなってから、やっと魔道具に興味を持つ時間ができました。

七巻から八巻は、そんなリアの、魔道具に対する好奇心がいっぱいに詰まっています。

七巻では新しい王子様、ファーランドのカルロス殿下が登場し、その対応で主に兄さまに活躍してもらいました。ですが、大きな人ばかりがわがままを言っているせいで、リアもニコもちょっと遠慮がちでした。

八巻では、そんなリアとニコが、もう少し動けるようにしたつもりです。動いた結果、どうなるのかは本文を読んでのお楽しみですが、小さい子が好き勝手に動くのは、書いていても楽しいものですね。キングダムを離れて、ニコもやりたいことをはっきりと言えるようになってきました。

ウェスターのヒューバート王子も、アリスターやバートたちも、今までとは少しずつ違った方向へと興味の幅を広げ、羽ばたこうとしています。そんな皆の姿を楽しんでいただければなと思います。

最後に謝辞を。「小説家になろう」の読者の皆様。プロットからずれても温かく見守ってくれる編集様と一二三書房の皆様。やたら多い登場人物を描き分けてくれるイラストレーターの藻様。そしてこの本を手に取ってくれた皆様、本当にありがとうございました。

カヤ

転生幼女はあきらめない 8

発　行
2023年1月14日　初版第一刷発行

著　者
カヤ

発行人
山崎　篤

発行・発売
株式会社一二三書房
〒101-0003　東京都千代田区一ツ橋2-4-3 光文恒産ビル
03-3265-1881

印　刷
中央精版印刷株式会社

作品の感想、ファンレターをお待ちしております。

〒101-0003　東京都千代田区一ツ橋2-4-3 光文恒産ビル
株式会社一二三書房
カヤ 先生／藻 先生

Printed in Japan, ISBN 978-4-89199-919-3 C0093
※本書は小説投稿サイト「小説家になろう」（https://syosetu.com/）に
掲載された作品を加筆修正し書籍化したものです。